KB079016

전문가 이중열의

물 이야기

전문가 이중열의
**물**이야기

초판인쇄 2022년 12월 01일
초판발행 2022년 12월 09일

**지은이** 이중열
**펴낸이** 이재욱
**펴낸곳** (주)새로운사람들
**디자인** 김남호
**마케팅관리** 김종림

ⓒ 이중열 2022

**등록일** 1994년 10월 27일
**등록번호** 제2-1825호
**주소** 서울 도봉구 덕릉로 54가길 25(창동 557-85, 우 01473)
**전화** 02)2237.3301, 2237.3316  **팩스** 02)2237.3389
**이메일** ssbooks@chol.com

ISBN  978-89-8120-649-9

전문가 이중열의

# 물이야기

물복지연구소 이중열 지음

새로운사람들

# 물로써 행복한 대한민국을 위하여

물은 햇빛, 공기와 더불어 인류는 물론 삼라만상이 생명을 유지하며 생존하기 위한 절대 불가결의 존재다. 물과 햇빛과 공기가 없으면 지구상에 생명도 존재할 수 없다는 말이다. 이처럼 모든 생명체의 근원인 물은 누구에게나 차별 없이 공정하기도 하다.

햇빛과 공기는 공짜로 주어지지만, 물은 공짜가 아니다.

봉이 김선달의 대동강 물 팔아먹는 이야기나 '돈을 물 쓰듯 한다.' 는 말에는 물의 가치를 폄훼하는 어감이 느껴지지만, 예로부터 '치수(治水)'가 통치(統治)의 개념과 상통해 왔다는 것은 물이 결코 공짜가 아니라는 뜻이다.

우리가 마시는 수돗물은 여전히 싼 값으로 공급되지만, 수도요금의 현실화 비율을 고려해 볼 때 실제로 물을 생산하는 데는 좀 더 많은 비용이 들어간다. 다만 생활에 필수적인 물을 복지 차원에서 예산을 지원하여 생산하기 때문에 보다 싼 값으로 공급할 수 있는 것이다.

　국민 복지 차원이라는 말은 깨끗한 물을 넉넉하게 공급받을 권리가 국민의 기본권이라는 의미라고도 할 수 있다. 생명을 유지하고 편리한 생활을 영위하는 데 필수적인 물을 공급하는 것이야말로 복지 중의 복지라고 할 수 있는 이유이기도 하다.

　특히 먹는 물은 누구에게나 깨끗하고 안전하게 공급되어야 하고, 수도요금도 공정하고 균등한 체계로 부과되어야 하지만, 지역에 따라 불균형이 여전하기 때문에 물 복지 차원에서 개선되어야 할 과제 중의 하나다.

　복지(福祉)가 물의 이용에 관한 개념이라면 안보(安保)는 재난이나 결핍을 방지하기 위한 개념이다. 물에 의한 재난(災難)이라면 홍수와 가뭄을 꼽을 수 있고, 물 부족과 같은 결핍(缺乏) 현상도 물 안보를 통해 방지해야 할 일이다. 더욱이 지구 환경의 변화로 이상기후가 일상화되는 추세에 대응하는 물 안보 정책은 선제적으로 대비해야 할 매우 시급한 현안이다.

　따라서 저수지, 댐, 보 같은 시설물이 물 안보에 필수적이라는 것은 두말할 나위도 없으며, 한강수계의 댐 관리 일원화, 4대강 보를 비롯한 물그릇의 활용, 지방자치단체가 발의하는 소규모 댐이나 보의 건설, 저수지(貯水池) 등 저수 시설의 확보가 물 안보를 위해 빼놓을 수 없는 과제인 셈이다.

또 한 가지 관심을 기울여야 할 분야가 물의 자원화이다. 똑 같은 물이라도 고도의 기술이 더해지면 미래의 먹거리 산업으로 거듭날 수 있는 분야이기 때문이다. 순수와 초(超)순수, 해수담수화(海水淡水化) 플랜트 등 산업용수가 그런 분야에 속한다.

순수와 초순수는 IT, 반도체, 바이오 등 첨단산업 현장에 필요한 공업용수인데, 세계 10위권 이내의 경제규모를 자랑하는 나라임에도 순수와 초순수를 위한 기술은 여전히 외국에 의존하고 있다는 사실은 기술의 자립화 측면에서도 그렇고, 미래의 먹거리를 확보한다는 측면에서도 반드시 해결해야 할 과제이다.

해수담수화 플랜트 역시 거의 무한에 가까운 해수를 담수화하여 물 부족을 해소함으로써 물 복지와 물 안보의 기반을 마련한다는 점에서 고도의 기술 확보가 눈앞의 목표라고 하겠다. 아무쪼록 복지와 안보, 그리고 물의 자원화를 위한 담론(談論)이 활발하게 이루어져서 물에 있어서만큼은 확실한 선진국이 되기를 간절히 희망한다.

34년 동안 물과 관련된 공기업에 재직하며 수돗물의 안전을 위해 연구하고 개발하고 검증하며 보냈다는 사실에 자부심을 느끼면서도 지난 10여 년 동안 물 관련 산업과 기술의 발전이 미미할 뿐 아니라 거의 답보 상태에 머물러 있다는 사실이 안타깝기 그지없다.

기능직으로 물 관련 공기업에 첫 발을 들여놓았고, 또 공기업의 처장이라는 고위직까지 맡았던 사람으로서 물에 대해 우리 사회가 함께 공유해야 할 인식의 문제를 나름대로 짚어보고자 물에 관한 이런저런 이야기를 묶어 책을 펴내게 되었다.

평생을 물과 함께 살아오면서 노자의 도덕경에 나오는 상선약수(上善若水)의 철학으로 살고자 노력했지만, 여전히 해결해야 할 과제가 눈앞에 쌓여 있는 느낌이다. 앞으로 필자가 사명감을 가지고 해결하고자 하는 몇 가지 과제를 이야기하고 싶다.

물 전문가로서 물에 관한 한 '보편적 복지'가 가능하도록 시설과 제도를 개선하고 정비하는 일에 앞장서서 힘을 보태고자 한다. 특히 상수도 설비 중 가장 위험성이 큰 정수장의 수(水) 충격(衝激) 처리에 대한 경험을 바탕으로 펌프장의 안전성을 확보할 수 있는 현장 기술을 정착시키고자 한다.

과학과 원리는 세계 공통이지만, 기술은 전문가들에 의해 얼마든지 차별화될 수 있기 때문에 그동안 미처 정비되지 못한 정수처리의 단위 설비별 문제점을 제시하고, 고품질의 수돗물과 에너지 절감을 위한 방안도 제시하고자 한다.

물 복지와 관련하여 현재 수량 수질 등 먹는 물의 취약지역이 많이 있다. 일부 지역에서는 지하수와 하천수에서 라돈방사능, 질산성질소, 비소 등이 수질기준을 초과하고 있으며, 소규모 급수시설과 간이정수설비에서 공급하는 수질도 기준치를 초과하는 곳이 다수 있다. 이런 취약지역의 오염된 수질을 개선하는 데 이용할 수 있는 필자의 특허 기술(UV-AOP고도정수처리 기술이 적용된 SMART형 간이정수설비)을 상세하게 공개함으로써 하루라도 빨리 깨끗하고 안전한 물을 공급받을 수 있도록 하여 기본권인 물 복지와 더불어 국민의 안전을 지키는 데 이바지하고자 한다.

세계적으로 물 산업은 크게 발전하고 있으나 우리나라는 특히 고부가가치의 순수, 초순수, 해수담수화 등 산업용수 분야의 경우 여전히 외국의 기술에 의존하고 있는 실정이다. 이런 우물 안 개구리의 처지를 벗어날 수 있도록 기술 고도화와 자립을 통해 글로벌 경쟁력을 높이는 방안과 발전 방향을 제시하고자 한다.

기술은 물론 경영과 글로벌 경쟁력에서도 물 선진국이 될 수 있도록 10년 후를 내다보는 물 정책과 더불어 물 안보에 대한 합리적인 대안으로 기후 변화에 따른 홍수, 가뭄 등 재난에 대비할 수 있는 청사진을 제시하고자 한다.

아무쪼록 이 책이 우리나라의 물 복지와 안보, 그리고 물 산업의 발전을 위해 조금이나마 보탬이 되기를 바라는 마음이다.

〈차례〉

## 제2장  물과 함께 34년

# 제3장 물의 멋진 신세계

# 제1장

## 물 복지와 안보, 그리고 자원화

# 물이 블루오션이다

"전기는 국산이지만 원료는 수입입니다."

요즘은 눈에 잘 띄지 않지만 어디서 본 듯한 문구일 것이다. 2010년에 한국전력공사가 도로나 주택가 곳곳의 배전함에 붙였던 에너지 절약 슬로건이다. 전기는 국산이지만 그 전기를 만드는 원료는 석유, 석탄 등으로 수입해야 한다는 뜻이다.

다른 말로 바꿔보자.

"물은 국산이지만 기술은 수입입니다."

이게 사실이라면 어떤 생각이 들까?

'에이, 그럴 리가 있겠어?'

아니다. 정말이다. 생활용수로 쓰는 수돗물 이야기가 아니라 산업용수에 대한 이야기라면 실제상황이기 때문이다. 우리는 우리 강과 바다에서 퍼온 물을 외국 설비와 기술로 가공해 반도체 등 첨단산업을 위한 용수로 쓴다. 세계 굴지의 경제 대국으로서 체면을 구기고 자존심마저 상하는 일이 아닐 수 없다.

물이라고 다 같은 물이 아니다. 강물도 있고 바닷물도 있다. 바닷

물을 마실 수 있는 담수(淡水)로 바꾸는 것을 '해수 담수화'라고 한다. 만성적인 물 부족 지역인 서해안, 남해안이나 섬마을 주민들에겐 꼭 필요한 시설이요 공정이다. 그런데 이 공정을 감당할 주요 장비며 기술은 유감스럽게도 '메이드 인 코리아'가 아니다.

산업 현장에서 필수 불가결한 산업 용수도 마찬가지다. 산업의 측면에서는 물을 '공업용수'와 '순수'와 '초순수'로 분류한다. 산업시설에서 일반적으로 사용하는 공업용수와 달리 IT, 석유화학, 바이오 등의 첨단기업은 '순수(純水)'급 이상의 물을 사용해야 한다. 물을 '순수'나 '초순수(超純水)'로 정화하는 기술도 역시 일본 등 외국에 의존하고 있다. 글로벌 산업 대국을 위한 물은 국산이 아니라는 얘기다.

자존심 문제만은 아니다. 물 산업은 미래의 자원이자 먹거리이기도 하다. 말 그대로 블루오션이다. 2020~2030년 세계 인프라 투자수요 전망을 살펴보자. 요즘 잘 나가는 통신은 0.17%에 그쳤다. 전력이 0.24%, 도로가 0.29%인데 물 산업은 1.03%, 1조 370억 달러이다. 물 산업의 지속적 발전 가능성을 보여준다.

물 전문 리서치 기관인 영국 GWI도 글로벌 산업 용수 시장이 2024년 23조 원 규모에 이를 것으로 전망했다. 또 해수 담수화는 UAE, 사우디아라비아, 중국 등이 대규모 프로젝트를 계획 중이며 매년 15%씩 성장할 것이라는 예측도 덧붙였다.

미래 먹거리로서의 대표적인 물 산업은 해수 담수화와 고부가가치의 '순수'와 '초순수'를 생산하는 기술로 나눌 수 있다. 특히 반도체로

물 산업 고도정수처리장

먹고사는 한국에서 순수, 초순수 등 산업 용수의 수요는 가파르게 증가하고 있다.

그런데 수요의 증가 추세로 볼 때 공급을 위한 설비와 기술력이 너무 부족한 실정이다. 대한민국 대표기업 삼성전자가 사내에서 물 절약을 누누이 강조하고 있는 이유가 뭘까? 그 물이 식수나 허드렛물일지, 반도체용의 '순수'나 '초순수'일지는 헤아려보면 짐작하기가 어렵지 않을 것이다.

뒤늦게 국토교통부가 지난 2006년부터 VC-10 사업으로 해수담수화 플랜트 사업단(Sea HERO)을 추진하였다. 선진국 추격형 R&D로 959억 원의 정부 예산을 투입해 역삼투 방식의 플랜트 대형화와 국산화를 목표로 연구를 진행하고 있다. 또 환경부는 초순수 생산 국산화를 위한 실증 플랜트(2,400㎥/일)를 구축하고 전문인력 270명을 양성해 2025년부터 5만㎥/일의 초순수를 생산, 국내 기업에 공급할 계획이다.

하지만 이런 국책 R&D 사업만으론 충분하지 않다. 대기업과 중소기업이 협업을 통해 기술을 확보하여 수출까지 염두에 둔 글로벌 경쟁력을 갖출 수 있도록 유도해야 한다.

해수 담수화와 초순수 사업은 복합적인 플랜트 설비 사업이다. 국내외에서 미래시장을 이끌기 위해서는 몇몇 대기업이 생색내듯 참여하는 정도로 그쳐서는 안 된다.

국책 R&D 사업에 공정별로 중소기업들의 적극적인 참여가 있어야 한다. 아울러 실수요자로서 대기업이 판로를 열고 개척하는 데 동참하는 상생의 관계가 꼭 필요하다. 단위 공정별로 1~2개사를 선정해 국산화 개발을 유도함으로써 원천기술의 자립화를 이룰 때 효자 수출 상품도 가능할 것이다.

또 해외 발주의 경우 전 과정을 일괄적으로 수주하는 턴-키 방식이 대부분이므로 건설사와 설계사도 참여해 자체 기술력을 확보하도록 해야 한다.


국내에는 다수의 물 관련 대기업이 있다. 역사도 20~30여 년에 이른다. 그런데 아직도 경쟁력을 갖춘 글로벌 업체는 없다. 이유가 뭘까? 물 산업은 기술력이 성패를 좌우하는 산업인데, 순수와 초순수,

해수 담수화 플랜트에 있어 경험 있는 엔지니어 층이 너무 빈약하기 때문이다. 그러다 보니 저마다 하수처리장과 소규모 상수도 시설의 운영 관리에만 몰두한다. 대부분 상·하수도 관련 부문에만 매달려 매출 실적을 올리고 있는 형편이다. 드넓은 바다를 두고 좁은 우물 안에 얽매인 꼴이다.

산업화가 늦어 식민지를 경험했던 한 세기 전의 조상들을 되돌아볼 필요가 있다. 생존과 산업에 꼭 필요한 미래 먹거리 물 산업에 뒤처지면 또 다른 '종속'을 경험할 수도 있다. 정부와 기업이 한마음으로 물 산업의 미래를 내다보는 혜안이 절실하다.

[이데일리 2022. 10. 31]

# 깨끗한 물이 물 복지의 시작이다

　태풍이나 홍수 등 자연재해가 예고되면 너도나도 마트에 달려간다. 라면 등 비상식량에 앞서 우선 카트에 담는 것이 생수다. 안 마시면 못 산다. 공기와 함께 생명을 유지하기 위해 반드시 필요한 존재가 물이다. 재난지역엔 반드시 먹을 물을 실은 차가 먼저 도착한다. 밥보다 물이 급하기 때문이다.

　어느 나라나 깨끗한 물을 마실 권리는 국민의 기본권이다.

　요즘 들어 지역별로 극심한 가뭄과 폭우가 빈번하게 발생하면서 물에 대한 기본권을 침해당하는 경우가 많다. 안타깝지만 자연재해니까 수긍할 수 있다.

　자, 그렇다면 자연재해라는 비상한 상황 말고 일상에서 깨끗한 물을 마실 권리는 보장될까?

　요즘 우리 사회의 화두인 '공정'이란 개념을 빌어 물어보자. 과연 대한민국 국민 모두에게 물은 공정한가? 유감스럽게도 그 답은 '그렇지 않다.'이다.

　전국의 상수도 보급률은 99.4%다. 농어촌의 면(面) 지역은 96.1%

4급수에서 서식하는 깔따구와 유입경로인 침전조

다. 그런데 내용을 보면 지방 및 광역상수도가 80.6%이고 마을 및 소규모 급수시설이 15.5%를 차지한다. 상수도 혜택을 받는 곳은 그나마 풍부한 수량과 안전한 수질을 보장받는다. 하지만 마을 상수도와 소규모 급수시설의 경우는 그렇지 못하다. 정확하게 말하면 상수도에 비해 열악한 시설과 서비스로 물을 공급받고 있다. 참고로 소규모 수도시설은 '마을 상수도(하루 20~500㎥)'와 '소규모 급수시설(하루 20㎥ 미만)'로 나눈다.

상수도가 닿지 않는 지역은 산골 오지만이 아니다. 제주도 등 몇몇 큰 섬을 제외하더라도 우리나라에 섬이 얼마나 많은가? 한적한 농어촌도 예외가 아니다. 우리 삼촌, 고모가 살지도 모를 산간 오지와 도서벽지의 경우, 수량은 턱없이 부족하고 수질의 안정성도 매우 취약하다는 얘기다.

소규모 수도시설은 수량이 절대적으로 부족하다. 게다가 수질관리의 전문성도 부족하다. 설비 역시 심각한 노화 상태인 곳이 많다.

깔따구 유충 사태로 최근 환경부가 전국 수돗물 공급 현황을 살펴봤다. 또 매년 정수장 실태점검을 통해 지속적으로 시설과 운영 방법을 개선하기 위해 노력하고 있는 중이다. 하지만 급수 취약지역의 소규모 수도시설은 답이 없다.

지자체별 관리 인력의 전문성도 문제고 취약지역이 워낙 많기도 하다. 나는 수돗물 잘 나오는 도시에 살면서 생수 사다 마시는데, 시골 노모가 마시고 밥 짓는 물이 문제가 있다면 생수가 목구멍으로 넘어갈까? 안타까운 일이다.

정부나 지방자치단체가 뒷짐 지고 있는 것은 아니다. 상수도 혜택을 받지 못하는 지역에 많은 예산을 투입하고 있다. 하지만 손길이 닿지 않는 곳은 아직도 많다. 또 기후변화에 따라 취약지역이 더 늘어날 수도 있다.

지속적으로 지방상수도를 확대 보급하고 지역 특성상 어려운 급수 취약지역은 지방상수도와 동일한 관리가 가능하도록 지자체가 소규모 수도시설에 대한 모니터링을 강화해야 한다.

일본의 경우 수도 사업은 후생노동성의 인가를 받아 자치단체가 관리한다. 하지만 수질은 반드시 국가 기준을 충족하도록 엄격히 관리하고 있다.

한국의 경우 먹는 물 수질기준 검사항목과 검사 주기는 지방상수도의 경우 일일 6항목, 주간 7항목, 월간 61개 항목으로 관리하고 있다. 하지만 소규모 수도시설은 분기 15개 항목, 연간 61개 항목을 검사한다. 소규모 수도시설에 대해 지나치게 너그럽다.

이런 정도면 수질에 이상이 생겨도 즉각적인 대처가 불가능한 상황이다. 물론 이유는 있다. 지자체별로 해당 시설을 운영하기 위한 전문 인력을 확보하기 어렵다. 마을 이장님이 수돗물을 관리한다면 믿겠는가? 그런데 현실이 그렇다.

게다가 운영과 유지관리에 비용도 많이 발생한다. 지지체의 재정 자립도를 취약하게 만드는 한 요인이다. 전국적으로 생산원가 대비 평균 수도요금의 현실화율은 73.6%다. 하지만 시·군 단위로 가면 50% 이하인 지역도 60여 곳이 넘는다.

2021년 취약지역에 대한 수질검사 결과를 보면 전체 1만 2,779건 검사 결과 410건이 수질 기준 초과였다. 특히 자연방사성 물질인 우라늄의 경우 26곳이 수질 기준을 초과했다. 그 외에 질산성질소가 85곳, 비소는 120곳이 초과한 것으로 나타났다. 또한 2020년과 2021년의 수질검사 결과 수질 기준 초과가 2년 연속으로 발생된 지역은 129곳으로 31%를 차지했다.

여기에 시설 노후화 역시 배놓을 수 없는 문제다. 소규모 수도시설 1만 2,900곳 중 30년을 경과한 시설은 5,888곳이었다.

소규모 수도시설에 대한 전면적인 수술이 필요하다. 수질 안정성을 더욱 강화할 수 있는 고도정수처리공정(UV-AOP)을 도입해 각종 수질 변화에 대응하도록 하고 기존 주정수장에서 소규모 수도시설을 감시·제어할 수 있도록 원격 모니터링 시스템 구축에 나설 때다. 무인 운영이 가능한 시스템 역시 검토할 필요가 있다. 요즘 자주 쓰는 말 그대로 그곳 주민들도 누군가의 어머니, 누군가의 삼촌이다. 그리고 대한민국 국민이다.

*비슷한 내용이 [2022. 10. 11. 주간조선(http://weekly.chosun.com)]에 〈정수장 깔따구보다 더 심각한 수돗물 양극화〉란 제목으로 게재되었다.

# 물로써 물길을 여는 새로운 남북경협을 기대하며

임진강에서 북한 주민으로 보이는 주검이 잇따라 발견되고 있다. 지난 7월 16일 경기도 파주시 임진강 통일대교 부근에서 생후 6개월가량으로 추정되는 영아가 발견됐다. 아기에게는 생후 2개월 이내에 접종해야 하는 국가 접종의 흔적이 없었다. 앞서 6월 23일 임진강 군남댐 하류에서 발견된 여성 주검의 상의엔 북한 김일성 주석과 김정일 국방위원장의 초상이 담긴 배지가 달려 있었다.

분단은 서로 총을 겨눈 뭍에서의 일이다. 철새가 남북 하늘을 오가듯, 강물 역시 소리 없이 남북을 오간다. 하지만 강이라고 민족의 비극에서 예외일 수는 없다.

전엔 금강산댐이라고 불렀다. 지금은 임남댐이다. 북한이 발전용으로 세웠고 저수량은 26억 톤이다. 그리고 그 바로 아래 말 많고 탈도 많았던 우리 '평화의 댐'이 있다. 저수량은 26.3억 톤이다. 그리고 그 밑에 화천댐, 춘천댐, 의암댐, 청평댐, 팔당댐이 줄지어 있다.

이 북한강 수계 댐들에 직접 영향을 주는 존재가 황강댐의 7.4배 용량인 북한의 임남댐이다. 그래서 임남댐의 상류지역에 폭우가 내리면 북한에 방류 계획을 사전 통보해달라고 요청했다는 뉴스가 종종 등장한다.

남북은 2009년 무단 방류로 6명의 인명 피해가 발생해 그해 10월 임진강 수해방지를 위한 실무 접촉을 한 바 있다. 실무접촉에서 댐 방류 때에는 사전에 통보하기로 합의했다. 하지만 남북관계 변화에 따라 북한 입장은 '그때그때 달라요.'였다.

북한은 황강댐 3회, 임남댐 3회 등 모두 6차례 군 통신선을 통해 우리 쪽에 사전 통보를 한 뒤 방류했다. 하지만 2020년 장마철엔 저수량 3.5억 톤 규모 황강댐 수문을 사전 통보 없이 여러 차례 열었다. 그 탓에 임진강 최북단 필승교 수위가 가파르게 올라 파주와 연천 지역 주민들이 긴급 대피한 일도 있었다.

북한의 임남댐이 완공된 이후 우리가 입은 피해는 적지 않다. 수자원 관리가 안 돼 하류 유량이 줄었고, 북한강 수계 댐들의 전력 생산량 또한 감소했다. 정부가 나서서 북한에 공유하천 관리를 위한 협력을 제안하고 남북 상생을 위한 노력을 강조했다.

하지만 북한 입장에선 공유하천 관리에 따른 남한 쪽 혜택이 더 크다고 느낄 수 있다. 실제 그럴 것이다. 이렇듯 서로 생각이 다르니 결실을 보기 어렵다.

그렇다면 남북이 공유하천 관리와 보전을 통해 가뭄과 홍수 등 재난을 관리하고, 공유하천 관리로 발생하는 이익을 서로가 직접 느끼고 공유할 수 있어야 한다. 우리의 물 안보 차원에서 북한에 당근, 즉 적절한 보상의 제공이 필요한 상황이다.

남북 관계의 상징 '평화의 댐'

남한과 북한이 함께 '윈-윈'하는, 그래서 더 안정적인 식수 공급과 홍수 예방 효과를 얻는 지혜와 노력이 필요하다는 것이다.

남북경협의 시작을 위해 제안할 수 있는 현실적인 방안의 하나로, 임남댐을 우리 돈으로 리뉴얼하고 제대로 된 발전설비를 갖추게 하면 어떨까? 그러면 북한은 전력 갈증을 일부나마 해소할 수 있고, 남한은 풍부한 수자원을 확보할 수 있다.

더불어 상류의 북한 지역이 침수되지 않는 범위에서 '평화의 댐' 저수용량을 늘려 수자원을 확보·활용할 필요도 있다. 그러면 임남

# 왜냐면

〈한겨
기본)
이름;
다 촌

## 물로써 물길을 여는 새로운 남북경협을 기대하며

이중열
물복지연구소장·전
한국수자원공사 처장

임진강에서 북한 주민으로 보이는 주검이 잇따라 발견되고 있다. 지난 7월16일 경기 파주시 임진강 통일대교 부근에서 생후 6개월가량으로 추정되는 영아가 발견됐다. 아기에게는 생후 2개월 이내에 접종해야 하는 국가 접종의 흔적이 없었다. 앞서 6월23일 임진강 군남댐 하류에서 발견된 여성 주검 속의엔 북한 김일성 주석과 김정일 국방위원장의 초상이 담긴 배지가 달려 있었다.

분단은 서로 총을 겨눈 물에서의 일이었다. 철새가 남북 하늘을 오가듯, 강물 역시 소리 없이 남북을 오간다. 하지만 강이라고 민족의 비극에서 예외일 수는 없다.

전엔 금강산댐이라 불렸다. 지금은 임남댐이다. 북한이 발전용으로 세웠고 저수량은 26억톤이다. 그리고 그 바로 아래 말 많고 탈도 많았던 우리 평화의댐이 있다. 저수량은 26.3억톤이다. 그리고 그 밑에 화천댐, 춘천댐, 의암댐, 청평댐, 팔당댐이 줄지어 있다.

이 북한강 수계 댐들에 직접 영향을 주는 존재가 황강댐의 7.4배 용량인 북한의 임남댐이다. 그래서 임남댐의 상류지역에 폭우가 내리면 방류 계획을 북한에 사전에 통보해달라고 요청했다는 뉴스가 종종 등장한다.

남북은 2009년 무단 방류로 6명의 인명피해가 발생해 그해 10월 임진강 수해방지 실무접촉을 한 바 있다. 실무접촉에서 댐 방류 때에는 사전에 통보하기로 합의했다. 하지만 남북 관계 변화에 따라 북한 입장은 "그때그때 달라요"였다. 북한은 황강댐 3회, 임남댐 3회 등 모두 6차례 군 통신선을 통해 우리 쪽에 사전통보 뒤 방류했다. 하지만 2020년 장마철엔 저수량 3.5억톤 규모 황강댐 수문을 사전통보 없이 여러차례 열었다. 그 탓에 임진강 최북단 필승교 수위가 가파르게 올라 파주와 연천 지역 주민들이 긴급 대피하는 일도 있었다.

북한이 임남댐을 완공된 이후 우리가 입은 피해는 적지 않다. 수자원 관리가 안 돼 하류 유량이 줄었다. 북한강 수계 댐들의 전력생산량 또한 감소했다. 정부가 나서서 북한에 공유하천 관리를 위한 협력을 제안하고 남북 상생을 위한 노력을 강조했다. 하지만 북한 입장에선 공유하천 관리에 따른 남한 쪽 혜택이 더 크다고 느낄 수 있다. 실제 그럴 것이다. 이렇듯 서로 생각이 다르니 결실을 보기 어렵다.

문제는 남북이 공유하천 관리와 보전을 통해 가뭄과 홍수 등 재난을 관리하고, 공유하천 관리로 발생하는 이익을 직접 느끼고 공유할

수 있어야 한다. 우리의 물 안보 차원에서 북한에 당근, 즉 적절한 보상이 필요한 상황이다. 남한과 북한이 함께 공원하는, 그래서 더 안정적인 식수공급과 홍수예방 효과를 얻는 지혜와 노력이 필요하다.

남북 경협의 시작으로 임남댐을 우리 돈으로 리뉴얼하고 제대로 된 발전설비를 갖추게 할 필요가 있다. 그러면 북한은 전력 갈증을 일부나마 해소할 수 있고, 남한은 풍부한 수자원을 확보할 수 있다.

더불어 상류의 북한 지역에 침수 안 되는 범위에서 평화의댐 저수용량을 늘려 수자원을 활용할 필요도 있다. 그러면 임남댐 26억톤과 평화의댐 약 5억톤, 합 31억톤 이상의 용수량 확보뿐만 아니라 연중 균일한 발전 방류로 인한 북한강 수계 수질을 크게 향상시킬 수 있다.

임남댐의 발전 방류 수량을 하류 5개 발전댐(임남댐~팔당댐 표고차 240m)에서 순차적으로 발전하면 단순 계산으로도 약 10.3억㎥ h/년, 2100억원 상당의 친환경에너지와 수익이 발생한다. 사회적 합의가 어려운 다목적댐 추가 건설 없이 수도권에 공업용수와 2600만명이 사용하는 31억톤의 수자원을 추가로 확보하는 진정한 물 안보 실현과 물로써 물길을 여는 경협, 이것이 꿈이 아닌 현실로 다가올 날을 고대한다.

댐 26억 톤과 '평화의 댐' 약 5억 톤 등 31억 톤 이상의 용수량을 확보할 수 있을 뿐만 아니라 연중 균일한 발전 방류로 북한강 수계의 수질도 크게 개선할 수 있다.

임남댐의 발전 방류 수량을 하류 5개 발전 댐(임남댐~팔당댐 표고차 240m)에서 순차적으로 발전하면 단순 계산으로도 약 10.3억kWh/연, 2100억 원 상당의 친환경에너지와 수익이 발생한다.

기존의 임남댐을 활용하는 방안에 남북이 합의하고 협력할 수 있다면 사회적 합의가 어려운 다목적댐의 추가 건설 없이 수도권 2,600만의 인구가 사용할 수 있는 식수와 공업용수로 31억 톤의 수자원을 추가로 확보할 수 있다.

이런 노력이야말로 진정한 물 안보의 실현이며 물로써 물길을 여는 남북경협이 될 것이다.

이것이 꿈이 아닌 현실로 다가올 날을 고대한다.

[한겨레 2022. 8. 31]

# 팔당댐이 '100년 댐'이라고

동아일보(2022. 9. 28 '오피니언')에 기고한 한국수력원자력 팔당수력발전소장의 〈팔당댐에 대한 오해〉라는 제목의 글을 읽으며, '과연 그럴까?'라는 생각이 들어 몇 가지 문제 제기를 하고자 한다.

우선 글에서 팔당수력발전소장(이하 필자)은 '팔당댐을 포함한 모든 댐은 설계할 때부터 최소 100년 이상 사용할 것을 예상한다.'며 1936년 완공한 미국의 후버댐을 예로 들었다. 하지만 미국의 후버댐은 콘크리트 중력식 아치댐이고, 팔당댐은 문비 구조의 댐이다. 두 댐은 구조, 형식, 운영상황 등이 비교가 되지 않는다.

문비(門扉) 구조의 취약성은 어느 전문가도 부인하지 못하는 명백한 결점이다. 참고로 건설한 지 50여 년 된 팔당댐은 문비 1개소 당 약 290톤의 수압 하중이 작용한다. 응력부식(應力腐蝕)과 전위차(電位差)에 의한 수문 부식도 우려하지 않을 수 없다.

댐과 구조물의 설계는 각 분야별 설계 기준에 의한다. 또 환경부 기준 국가하천(한강)의 강우빈도는 200년으로 설정돼 있다. 필자가 기고문에 언급한 '1만 년, 2만 년에 한 번 발생할 최대 홍수량'이 구체적으로 무엇을 의미하고 어떤 근거에서 나왔는지, '0.005~0.01% 사고를 방지하기 위한 사업'이 무엇인지 국민에게 알릴 필요가 있다.

더불어 필자는 '팔당댐이 월류(越流)할 가능성이 거의 없다.'고 단언했는데, 과연 그럴까?

팔당댐은 1966년 2월 계획홍수량을 3만 4,400㎥/sec로 국토교통부(당시 건설부)의 허가를 받았으나, 실제는 2만 8,500㎥/sec로 허가조건보다 낮춰 건설했다.

1990년 9월 9일부터 사흘간 팔당수계 중부지방에 87~316mm의 기습폭우가 쏟아졌다. 이때 계획홍수위(EL.27m)를 초과했고, 1972년도에는 계획홍수위를 1.5m 초과했다. 1984년 9월 2일 2만 8,504㎥/s 방류, 1990년 9월 11일 3만 800㎥/s방류는 실제로 건설된 계획홍수량보다 많은 양이 방류된 경우다. 다시 말해 명백한 '월류(越流)'라고 할 수 있다.

지난 8월 8일 기상관측소가 측정한 동작구 신대방동 강수량은 381.5㎜, 시간당 최대 강수량은 141.5㎜이었다. 115년 만의 최다강수량, 80년 만의 한 시간 최다 폭우라는 말이 나왔다.

지금까지 전국 최다 일일 강수량은 870.5㎜(강릉, 2002. 8. 31)이고, 한 시간 최다강수량은 145㎜(과천, 1998. 7. 31)이다. 이러한 폭우가 팔당 수계에 내리게 되면 월류하는 수량은 더욱 많아져 감사원의 지적대로 붕괴 또는 전도의 위험성을 배제할 수 없을 것이다.

또한 필자의 '팔당취수장의 취수구를 낮추면 취수의 안전성을 확보할 수 있겠으나 취수 전력비는 상승할 수 있다.'는 견해는 기술을 전혀 모르는 주장이다. 취수구를 낮추는 작업은 조 단위 이상의 예산을 투입해 펌프장을 신규로 건설해야 한다.

팔당수위(EL.25m)가 존재하는 한 취수구가 낮아져도 펌프 실양정(흡입수면과 토출수면의 차)의 변화가 없어 전력비 상승은 없다. 괜한 걱정이 아닐 수 없다.

관리책임자(소장)의 기술적 이해 부족은 전혀 다른 관점을 갖게 한다. 그래서 팔당댐은 오해가 아니라 더욱 불안감을 안겨줄 수밖에 없다. 그렇기 때문에 수도권 2,600만 명이 사용하는 취수의 안전성 확보를 위해 안보용 댐을 건설해야 한다는 것이다.

국내 수량, 수질, 하천관리 등 물 관리 업무가 환경부로 일원화됐다. 그러나 한강 수계의 사정은 그렇지 못하다. 한강수계에는 총 10개의 댐이 있는데, 환경부 산하의 한국수자원공사가 다목적댐으로 운영하는 곳은 소양강댐, 충주댐, 횡성댐, 평화의 댐이고, 나머지 팔당댐, 청평댐, 의암댐, 춘천댐, 화천댐은 산업자원부 산하의 한국수력원자력에서 발전용 댐으로 운영하고 있다.

한강수계의 물 안보를 위한 통합관리의 진정한 효과는 댐 관리 일원화에 있다. 특히 팔당댐은 국가의 운명을 좌우할 정도로 민감하고 중요하다. 국내 인구의 절반에 가까운 2,600여만 명의 생활용수와 수도권 지역 공업용수를 공급하고 있기 때문이다.

환경부의 물 관리 일원화와 한국수력원자력의 발전용 댐은 추구하는 업무의 목적이 다르고 물 관리에 대한 관점이 다를 수밖에 없다. 이는 국가의 물 관리에 대한 허점이 아닐 수 없다.

북한강수계 5개 댐의 전력 생산이라고 해봐야 국내 총 발전시설용량 기준으로 0.35% 내외를 차지하는 미미한 비중이다.

전력 생산보다는 물 관리 일원화의 취지를 살려 기상이변 시기에 북한의 임남댐(금강산댐) 상류 수계와, 태백 검룡소로부터 수도권의 한강에 이르기까지 인공지능(AI)을 접목하여, 과거와 현재의 운용 상태를 실시간으로 파악하며 미래를 예측할 수 있는 Digital twin 방식의 운영 체계를 적용할 필요가 있다.

한강수계의 물 관리 일원화는 댐 관리의 일원화가 이루어지기 전에는 공염불이나 마찬가지다.

# 보(洑) 해체 결정을 보면서

　정치가 과학을 뒤집는다. 감성이 이성을 지배하고 구호가 전문지식을 뿌리친다. 바로 그런 나라가 우리 대한민국이다. 수질을 개선하려면 보(洑)를 해체해야 한다는 말이 아무렇지 않게 회자된다.

　"보 건설 이후 지역에 따라 수질이 일부 악화된 것은 맞다. 하지만 물이 있어야 수질도 개선할 것 아닌가?"

　공주 보의 해체가 결정된 2019년 1월 허탈한 표정으로 내뱉은 공주 지역 농민의 항변이다. 그 말을 들었을 때 고개가 숙여졌다. 물이 없으면 수질이고 뭐고 거론할 수조차 없는 것이다.

　농부들에게 물은 축복이다. 아울러 생명이기도 하다. 생존을 위한 농부의 물을 실체가 의심스러운 '자연성 회복'과 '수질 개선'이라는 명분이 빼앗아 버렸다. 그런 정치 논리가 대한민국의 현실이다.

　환경부가 금강·영산강 보 해체와 상시 개방 결정에 대해 '비상식적·비과학적이고 편향적인 의사결정을 했다.'는 의견을 감사원에 냈다. 뒤늦었지만 백 번 지당한 의견이다. 물 관리 주무부처의 당연한 의견임에도 4대강 사업을 적폐로 규정해 놓고 법적 근거도 없는 수질평가 기준을 적용하여 끼워 맞추기 식으로 해체의 수순을 밟는 세력의귀에는 잘 들리지 않는 모양이다.

보는 쉽게 말하자면 물그릇이다. 하지만 물을 저장하는 것만이 기능의 전부는 아니다. 수질 관리에도 필수적이다. 큰 강에 유입된 각종 생활 쓰레기나 오염물질을 보에서 제거하기도 한다. 아주 전통적이고 정상적인 기능이다.

오염물질 처리장소인 보를 해체한다고 조류(藻類) 발생과 수질 악화를 해결할 수 있다고 단언하기는 어렵다. 그런데도 '환경 전문가'를 자처하는 몇몇 분들은 이런 사실을 애써 외면한다. 쓰레기 처리장이 더럽다고 고함을 쳐대는 '전문가'란 분들은 정권이 의도하는 바를 가늠해 잘 포장된 맞춤형 고견을 내놓는다.

물은 농민에게 축복이자 생명이지만, 엉뚱한 주장을 하는 전문가들에겐 높은 곳으로 오르는 사다리일 뿐이다.

해체 또는 부분 해체가 결정된 보(洑) 3개의 건설에 혈세 4,936억 원이 들어갔다. 그런 국가 재산을 건설한 지 단 5년 만에 없애기로 했다. 보는 정물(靜物)이지만 강은 살아 움직인다. 물의 흐름도 세월 따라 바뀌고 강바닥의 지형도 변화한다. 보의 순기능과 역기능은 오랜 시간에 걸쳐 평가해야 한다. 5년이면 충분하다고 생각한 이들은 무엇에 쫓겼던 것일까?

4대강 16개의 보는 총 저수량이 6억 2,630만㎥에 달한다. 22조

원이 넘게 투자된 물그릇이다. 이미 물 부족국가인 우리나라로서는 반드시 적극 활용해야 할 물 관리 수단이다.

수자원 활용도도 증가 추세다. 강수량이 여름 장마철에 80% 이상 집중되기에 더욱 물그릇이 절실하다.

보의 해체 이유로 내세웠던 녹조(綠藻) 역시 보의 펄스 방류 조절로 대응할 수 있다. 부족할 경우엔 상류지역 다목적댐과 연계해 일정 부분 해결할 수도 있다. 공주 보 등 억지 해체의 파장이 어디까지 갈지는 모르겠다. 하지만 변함없는 것은 물의 가치요 소중함이다. 물 가지고 장난치면 안 된다.

# 4대강 보 훼손 책임 물어야 한다

환경부가 최근 문재인 정부의 금강·영산강 보 해체·상시 개방 결정에 대해 "비상식·비과학적이고 편향적인 의사 결정"이라는 의견을 감사원에 냈다.

4대강 사업을 적폐로 규정해 놓고, 끼워 맞추기 식으로 해체로 몰아갔으며, 법적 근거도 없는 수질 평가 기준을 동원해 해체 논리를 제시했다는 것이다. 금강 세종보는 사실상 사용하기 어려운 상태라고 한다. 보를 훼손하거나 해체하려 한 의사 결정에 참여한 사람들이 누구인지 낱낱이 가려야 한다.

보(洑)는 쉽게 말해 물그릇이다. 하지만 물의 저장이 보 기능의 전부가 아니다. 수질관리에도 보는 필수적이다. 큰 강에 유입된 생활 쓰레기나 오염 물질을 보에서 걸러내 제거하는 것은 전통적으로 써 온 정상적 기능이다.

실제로 보 건설 이후 실시한 여러 조사에서 4대강 수질은 대부분 개선됐다. 농민에게 넉넉한 물은 축복이고 생명이다.

그런데 전 정부는 '자연성 회복'이라는 명분으로 보 해체를 통해 농

| 구분 | 보 | 사업비 | 해체비 |
|------|------|--------|--------|
| 해체 | 세종보 | 1,287억 | 114억 |
| | 죽산보 | 1,540억 | 250억 |
| 부분해체 | 공주보 | 2,136억 | 452억 |
| 상시개방 | 승촌보 | 3,130억 | |
| | 백제보 | 2,669억 | |

해체·개방결정 4대강 보

부의 물을 빼앗으려 했다.

4대강 16개보의 저수량은 6억 2,630만㎥이다. 22조 원 넘게 투자됐다. 여름 한철에 연 강수량의 80% 이상이 집중되는 우리나라로선 수자원 활용을 위해 물을 저장할 수 있는 이런 물그릇이 절실하다.

전 정권은 여름철 일부 기간에 발생하는 녹조를 보 해체 이유로 내세웠다. 그러나 녹조는 보의 '펄스 방류(한꺼번에 많은 물을 흘려보내는 것)'로 대응이 가능하고, 이렇게 해도 안 되면 상류 지역 다목적 댐과 보의 연계 운용을 통해 해결할 수 있다.

강은 살아 움직인다. 물의 흐름도, 강바닥 지형도 세월에 따라 바뀐다. 보의 기능을 제대로 평가하려면 오랜 기간 관찰하고 분석해야 한다. 이런 과정 없이 억지 논리로 보를 없애려 한 책임은 반드시 물

# 4대강 보 훼손 책임 물어야 한다

이 중 열
물복지연구소장
前 한국수자원공사 처장

환경부가 최근 문재인 정부의 금강·영산강 보 해체·상시 개방 결정에 대해 "비상식·비과학적이고 편향적인 의사 결정"이라는 의견을 감사원에 냈다. 4대강 사업을 적폐로 규정해 놓고, 끼워 맞추기식으로 해체로 몰아갔고 법적 근거도 없는 수질 평가 기준을 동원해 해체 논리를 제시했다는 것이다. 금강 세종보는 사실상 사용하기 어려운 상태라고 한다. 보를 훼손하거나 해체하려 한 의사 결정에 참여한 사람들이 누구인지 낱낱이 가려야 한다.

보(洑)는 쉽게 말해 물그릇이다. 하지만 물 저장이 보 기능의 전부가 아니다. 수질 관리에도 보는 필수적이다. 큰 강에 유입된 생활 쓰레기나 오염 물질을 보에서 걸러내 제거하는 것은 전통적으로 써온 정상적 기능이다. 실제로 보 건설 이후 한 여러 조사에서 4대강 수질은 대부분 개선됐다. 농민에게 넉넉한 물은 축복이고 생명이다. 그런데 전 정부는 '자연성 회복'이라는 명분으로 보 해체를 통해 농부의 물을 빼앗으려 했다. 4대강 16보의 저수량은 6억2630만㎥이다. 22조원 넘게 투자됐다. 여름 한철에 연 강수량의 80% 이상이 집중되는 우리나라로선 수자원 활용을 위해 이런 물그릇이 절실하다. 전 정권은 여름철 일부 기간에 발생하는 녹조를 보 해체 이유로 내세웠다. 그러나 녹조는 보의 '펄스 방류(한꺼번에 많은 물을 흘려보내는 것)'로 대응 가능하고, 이렇게 해도 안 되면 상류 지역 다목적댐과 보의 연계 운용을 통해 해결할 수 있다. 강은 살아 움직인다. 물 흐름도, 강바닥 지형도 세월에 따라 바뀐다. 보의 기능을 제대로 평가하려면 오랜 기간 관찰하고 분석해야 한다. 이런 과정 없이 억지 논리로 보를 없애려 한 책임을 반드시 물어야 한다.

어야 한다.

4대강 사업과 보의 해체 문제는 다시 한 번 냉정하게 따져봐야 할 문제일 수밖에 없다. 물을 담아두는 그릇에 이끼가 낀다고 물그릇을 깨버리면 물을 어디에 저장할 것인가?

가장 큰 재앙은 뭐니 뭐니 해도 물을 저장할 수 없어서 아예 물이 없는 경우이다. 이끼가 낀 물이라도 있어야 정수하여 쓸 수가 있다는 뜻이다.

겉으로 일부 문제가 발생한다고 하여 쪽박부터 깨려는 생각이 아니라 어떻게 물을 확보하여 사용할 수 있을까 하는 근본적인 문제로 생각을 돌려야 할 것이다.

[2022. 9. 13. 조선일보 〈발언대〉]

# 물은 과연 공정한가

서울과 수도권이 기상관측 사상 최대의 '물 폭탄'을 맞았다. 반면 전라남도 도서지역은 최근 극심한 가뭄으로 계획 단수에 나섰다. 1주일 중 이틀은 겨우 수돗물을 공급하고 닷새는 단수(斷水)를 한다. 폭염 속 주민들의 고통을 생각하면 물 한 잔 마시기도 미안해진다.

수돗물 공급이 원활하지 않은 지역에서는 지하수를 이용해야 하는데 지하수는 안전을 담보하기 힘들다. 지난달 말 환경부 발표에 따르면 전국 168만 개의 지하수 관정 가운데 먹는 물로 쓰이는 관정은 8만 5,000개로 추정된다.

그중 7,036개의 식수용 개인 지하수 관정을 조사한 결과 148곳에서 우라늄이 먹는 물 수질기준을 초과했고, 라돈이 기준치를 초과한 곳도 1,561곳에 달했다. 깊은 땅 속 화강암과 변성암에서 자연적으로 발생하는 자연 방사성 물질 때문이다.

인제 내린천의 계곡물을 식수로 사용하던 강원도 한 부대의 장병 100여 명이 A형 간염에 집단 감염된 일도 있었다. 상류에 있는 축

| 상수도 수도꼭지 | 우물펌프 |

사 오염물질이 문제였다. 지하수 오염과 물 부족이 예상되는 지역에 단 한 가구만 살더라도 그들을 위한 대처를 해야 하는 것이 '보편적 복지'인데 유감스럽게도 물에 대해서는 '보편적 복지'가 아직 제대로 이뤄지지 않고 있는 것이 현실이다.

'보편적 물 복지'를 위한 또 한 가지 과제는 전 국민이 똑같은 수질과 수량, 요금의 혜택을 누리도록 동일한 상수도 요금체계를 적용하는 것이다. 현재 수돗물 요금은 지역별 편차가 크다. 전국 평균 요금은 719원/㎥이지만 충북 단양군은 1,591원/㎥, 강원도 평창군은 1,473원/㎥로 거의 두 배 이상을 부담해야 한다. 반면 경기도 성남

| 구 분 | 총 급수량<br>(천㎥/년) | 연간부과량<br>(천㎥) | 부과액<br>(백만원) | 평균단가<br>(원/㎥) | 생산원가<br>(원/㎥) | 현실화율<br>(%) |
|---|---|---|---|---|---|---|
| 전 국 | 6,650,760 | 5,698,385 | 4,096,525 | 718.89 | 976.6 | 73.6 |
| 특·광역시 | 2,716,997 | 2,526,963 | 1,612,185 | 637.96 | 793.8 | 80.4 |
| 시 | 3,246,484 | 2,728,724 | 2,081,907 | 762.96 | 976.1 | 78.2 |
| 군 | 519,524 | 360,759 | 333,051 | 923.19 | 2,240.3 | 41.2 |
| 특별자치도 | 167,754 | 81,939 | 69,382 | 846.76 | 1,066.0 | 79.4 |

| 구 분 | 급수보급률<br>(%) | 1인1일 급수량<br>(L) | 유수율<br>(%) | 누수율<br>(%) | 평균단가<br>(원/㎥) | 생산원가<br>(원/㎥) | 요금 현실화율<br>(%) |
|---|---|---|---|---|---|---|---|
| 강원도 인제군 | 97.3 | 769.1 | 69.2 | 26.3 | 1,269.84 | 3,031 | 41.9 |
| 강원도 고성군 | 99.6 | 600.7 | 79.6 | 19.7 | 1,463.75 | 3,414 | 42.9 |
| 강원도 양양군 | 99.7 | 767 | 58.3 | 37.3 | 1,337.24 | 2,303.5 | 58.1 |
| 충청북도 단양군 | 99.3 | 478.6 | 81 | 14.5 | 1,591.81 | 2,826 | 56.3 |

행정구역별 수도요금 현황

시(329원/㎥), 안산시(493원/㎥)는 평균보다 낮은 요금을 낸다.

가장 비싼 곳과 싼 곳의 요금 차이가 거의 5배에 가깝다. 또한 강원도 화천군의 경우 요금은 581원에 불과하지만 총괄원가는 8,030원/㎥로 요금 현실화 비율이 7.2%에 불과하다.

물론 정부도 손을 놓고 있는 것은 아니다. 국민들이 가장 불신하는 노후 수도관의 현대화가 진행 중이다. 또 그동안 광역상수도는 국가, 지방상수도는 지방자치단체가 책임지는 이원화 정책에서 정부가 직접 관여해 물 관리 일원화에 나서기도 했다.

이제 광역상수도와 지방상수도를 연계하고 물 복지 사각지역을 해소해 도농(都農) 간 또는 지역 간 물 서비스 격차를 없애야 한다. 자

# 물은 과연 공정한가

**기고**

이중열
물복지연구소장·전 수자원공사 지사장

서울과 수도권이 기상관측 사상 최대 '물폭탄'을 맞았다. 반면 전라남도 도서지역은 최근 극심한 가뭄으로 계획 단수에 나섰다. 1주일 중 이틀은 수돗물을 공급하고 닷새는 단수(斷水)를 한다. 폭염 속 주민들의 고통을 생각하면 물 한잔 마시기도 미안해진다.

수돗물 공급이 원활하지 않은 지역에서는 지하수를 이용해야 하는데 지하수는 안전을 담보하기 힘들다. 지난달 말 환경부 발표에 따르면 전국 168만개의 지하수 관정 가운데 먹는 물로 쓰이는 관정은 8만5000개로 추정된다. 그중 7036개 식수용 개인 지하수 관정을 조사한 결과 148곳에서 우라늄이 먹는 수질기준을 초과했고, 라돈이

기준치를 초과한 곳도 1561곳에 달했다. 깊은 땅 속 화강암과 변성암에서 자연적으로 발생하는 자연 방사성 물질 때문이다. 인제 내린천의 계곡물을 식수로 사용하던 강원도 한 부대의 장병 100여 명이 A형 간염에 집단 감염된 일도 있었다. 상류에 있는 축사 오염물질이 문제였다. 지하수 오염과 물 부족이 예상되는 지역에 단 한 가구만 살더라도 그들을 위한 대책를 해야 하는 것이 '보편적 복지'인데 유감스럽게도 물에 대해 '보편적 복지'가 아직은 제대로 이뤄지지 않고 있는 것이 현실이다.

'보편적 물복지'를 위한 또 하나의 과제는 전국민이 똑같은 수질과 수량, 요금의 혜택을 누리도록 동일한 상수도 요금을 적용하는 것이다. 현재 수돗물 요금은 지역별 편차가 크다. 전국 평균 요금은 719원/㎥이지만 충북 단양군은 1591원/㎥, 강원도 횡성군은 1473원/㎥로 거의 두 배 이상을 부담해야 한다. 반면 경기도 성남시(329원/㎥), 안산시(493원/㎥)는 평균보다 낮은 요금을 낸다. 가장 비싼 곳과 싼 곳의 요금 차이가 거의 5배에 가깝다. 또한 강원도 화천군의 경우 요금은 581원에 불과하지만 총원가는 8030원/㎥로 요금 현실화율이 7.2%에 불과하다.

물론 정부도 손을 놓고 있는 것은 아니다. 국민들이 가장 불신하는 노후 수도관의 현대화가 진행 중이다. 또 그동안 광역상수도는 국가, 지방상수도는 지자체가 책임지는 이원화 정책에서 정부가 직접 관여해 물 관리 일원화에 나서기도 했다.

이제 광역상수도와 지방상수도를 연계하고 물 복지 사각지역을 해소해 도농 간 또는 지역 간 물 서비스 격차를 없애야 한다. 자립이 어려운 지자체들을 묶어 통합공급·

관리 시스템을 갖출 필요도 있다. 급수 취약지역은 고도정수처리 설비(분산형 용수공급시스템)를 도입해 원격운영을 통해 수질상태 감시와 지역별 맞춤형 서비스모델을 개발해 전국으로 확대해야 한다.

아울러 가장 중요한 것은 수돗물에 대한 신뢰 회복이다. 정부가 먹는 물 수질기준 강화와 수돗물 음용률을 높이기 위한 다양한 정책을 펼치고 있지만 그 효과는 미미하다. 2019년 인천 적수 사태 등으로 불신이 누적됐고, 2020년 올해도 가정집 샤워기 필터에서 깔따구 유충이 발견되면서 수돗물에 대한 불신은 계속되고 있다. 수돗물의 신뢰도 개선은 근본적으로 고품질 수돗물 생산과 깨끗하고 안전한 공급에 있다. 물은 순수하고 누구에게나 차별 없이 공정하다. 일시적인 이벤트가 아니라 장기 계획으로 수돗물의 안전성을 국민의 삶 속에 녹일 필요가 있다.

립이 어려운 지방자치단체들을 묶어 통합공급·관리시스템을 갖출 필요도 있다. 급수 취약지역은 고도정수처리 설비(분산 형 용수공급 시스템)를 도입해 원격운영을 통해 수질상태 감시와 지역별 맞춤형 서비스 모델을 개발해 전국으로 확대해야 한다.

아울러 가장 중요한 것은 수돗물에 대한 신뢰 회복이다. 정부가 먹는 물 수질기준 강화와 더불어 수돗물 음용률을 높이기 위한 다양한 정책을 펼치고 있지만 그 효과는 미미하다. 수돗물에 대한 불신이 가장 큰 원인이다.

2019년 인천 적수(赤水) 사태 등으로 불신이 누적됐고, 2020년과 올해도 가정집 샤워기 필터에서 깔따구 유충이 발견되면서 수돗물에 대한 불신은 계속되고 있다.

수돗물의 신뢰도 개선은 근본적으로 고품질 수돗물 생산과 깨끗하고 안전한 공급에 있다. 물은 순수하고 누구에게나 차별 없이 공정하다. 일시적인 이벤트가 아니라 장기 계획으로 수돗물의 안전성을 우리 국민 전체의 삶 속에 녹일 필요가 있다.

[2022.8. 11. 매일경제]

# 수돗물은 억울하다

조류(藻類)는 수중에서 자라는 식물성 플랑크톤이다. 수온과 햇빛의 양, 물속의 영양염류 농도 등에 따라 자연스럽게 증가와 감소를 반복한다. 엽록소를 가지고 있어 햇빛과 이산화탄소를 이용해 산소와 유기물을 만들어내는 광합성 작용을 한다. 또 수중에 서식하는 물벼룩과 같은 동식물의 먹이가 되어 먹이사슬의 기초가 된다. 수중에 먹이와 에너지를 공급하는 적정 수준의 조류는 건전한 수생태계를 유지하는 데 꼭 필요한 존재이다.

하지만 우리나라에서 조류는 그리 반가운 존재가 아닌 것 같다. 흔히 말하는 녹조(綠藻)는 남조류가 한꺼번에 대량으로 발생해 강과 하천의 색깔이 녹색으로 나타나는 현상을 말한다. 녹조가 낀 광경을 목격한 사람들은 기겁을 한다. 초록으로 물든 강물의 모습에 언론은 '녹조라테'니 '조류독소'니 하는 자극적 표현을 동원한다.

그런데 조류는 결코 '공포의 대마왕'이 아니다. 물론 조류가 과다하게 발생하면 생태계 교란 등의 문제점이 발생할 수는 있다. 특히 상수원으로 사용되는 강이나 하천, 호수 등에 녹조가 발생하면 국민의 관심은 먹는 물의 안전성에 모아진다. '과연 저 물을 걸러서 마셔도 괜찮을까?' 하는 의심과 불안에 사로잡히기 때문이다.

녹조 현상을 일으키는 남조류가 대량 발생하면 조류 독소와 냄새 물질이 함께 생성될 수 있다. 그러나 조류 독소는 항상 배출되는 것이 아니다. 평상시에는 조류 세포 안에 있다가 서식환경이 악화할 경우에만 배출된다.

결론부터 말하면 녹조가 발생해도 먹는 물은 안전하다. 정수 과정에서 수돗물의 안전 기준에 맞게 처리되기 때문이다. 조류에선 수돗물의 쾌쾌한 곰팡내, 흙냄새를 유발하는 지오스민(geosmin)과 2-MIB 등 '냄새 물질'이 배출된다. 냄새 물질은 세계보건기구와 미국, 일본 등 주요 선진국에서 심미적(審美的) 물질로 분류하고 있다. 다시 말해 '보기가 안 좋을 뿐, 해는 없는 물질'이란 것이다. 수년간의 연구로 인체에 유해성은 없는 것으로 확인됐다.

우리 환경부는 녹조를 불쾌감 유발 물질로 지정하여 먹는 물에서 20ng/L(1ng: 1조분의 20g) 이하로 처리하도록 감시기준을 설정하여 관리하고 있다.

또한 수돗물의 안전성을 위협하는 조류 독소 중 마이크로시스틴(Micircystins)-LR은 세계보건기구(WHO) 가이드라인 1.0㎍/L 이하(1㎍: 10억분의 1g)를 초과하지 않도록 감시 기준이 설정되어 있다.

조류 독소와 냄새 물질은 정수장에서 중염소 산화, 분말활성탄 흡

# 수돗물은 억울하다

시론

이준열 물복지연구소장
전 한국수자원공사 처장

가을 녹조가 극성이다. 지난달 초 낙동강 지류 내성천에 건설된 영주댐 상류에 가을 녹조가 심해지자 환경단체들이 볼 방류를 선제적까지 거론하고 나섰다. 일반적으로 여름에 발생한 녹조는 하류부터 사라지기 시작해 상류는 가을까지 이어진다.

녹조에 대한 우려의 목소리는 마땅히 귀 기울여야 한다. 하지만 정밀한 모니터링과 과학적 접근 없이 무조건 큰 목소리만 고집할 것은 아니다. 댐이든 보든 만든 이유가 있고 그 기능이 있다. 이를 외면하고 댐 철거까지 거론한다면 "가뭄이나 홍수·농사 걱정 모두 접고 자연으로 돌아가자"는 얘기와 크게 다르지 않다.

댐을 부수자는 외침보다 생활 속 작은 실천으로 녹조를 줄이자는 외침이 환경단체엔 더 어울리고 절실하다. 일상생활이나 산업 현장에서 발생하는 오염 물질 역시 녹조 발생의 한 원인이다. 강과 하천에 유입되는 농어촌의 생활하수, 플라스틱, 일회용컵이 물속 생태계를 교란하고 녹조를 부른다.

붉은 진초록으로 물든 녹조 가득한 강이며 호수는 공포스럽다. 그래서 언론은 '녹조라테'니 '조류독소'나 하는 자극적 표현을 동원한다. 그런데 녹조는 '공포의 대마왕'이 아니다. 조류(藻類)는 자연스럽게 수중에서 자라는 식물성 플랑크톤이다. 자연의 법칙에 따라 증가와 감소를 반복한다.

산소와 유기물을 만들어내는 광합성 작용을 하고, 수중 숲처럼 같은 동식물의 먹이가 되는 먹이사슬의 기초

적 존재다. 적정 수준의 조류는 건강한 수생태계를 유지하는 데 꼭 필요하다. 물론 과다하게 발생하면 생태계 교란 등 문제가 발생할 수 있다. 하지만 사람들의 관심은 생태계의 순환에 있기보다 "과연 저 물을 먹어도 되나"는 데 있다. 이에 대한 답은 '걱정 안 해도 좋다'는 것이다.

녹조가 발생해도 먹는 물은 안전하다. 녹조 현상을 일으키는 남조류는

한국 수돗물 맛·수질 세계 정상급
믿고 마시는 음용률은 5% 그쳐
녹조에 대한 오해와 불신 풀어야

대량 발생하면 조류독소와 냄새 물질이 함께 생성될 수 있다. 그러나 조류독소가 항상 배출되는 것은 아니다. 평상시에는 조류 세포 안에 있다가 서식 환경이 악화할 경우만 배출된다.

조류에선 수돗물에 쾌쾌한 곰팡내와 흙냄새를 유발하는 '냄새 물질'이 배출된다. 지오스민(Geosmin)과 2-MIB 등이다. 하지만 보기 안 좋고 향은 나쁘나, 세계보건기구(WHO)와 미국·일본 등 주요 선진국은 녹조를 '심미적 물질'로 분류하고 있다. 수년간 연구로 인체에 유해성은 없는 것으로 확인됐다.

이들 물질은 정수 과정에서 안전하게 걸러낸다. 환경부는 이들을 불

쾌감 유발 물질로 지정해 먹는 물에서 20ng/L(1조분의 2g) 이하로 처리하도록 기준을 설정했다. 또한 수돗물의 안전성을 해칠 수 있는 조류독소 중 나이크로시스틴(Micircystins)은 WHO 가이드라인 마이크로시스틴-LR을 1.0㎍/L 이하(10억분의 1g)를 초과하지 않도록 하고 있다.

무엇보다 취수 단계에서부터 조류 유입을 최소화하고 있다. 취수원 지역의 경우 조류 발생 예보·경보제를 통해 조류 발생을 최소화한다. 차단막을 세워 조류를 막고, 심층의 물을 선택해 취수한다. 우리 눈앞의 녹조는 먹는 물과는 무관하다는 얘기다.

따져보면 녹조든 4대강 보든 모든 문제의 출발은 먹는 물에 대한 불신이다. 국민이 수돗물을 못 믿는다는 것이다. 이를말만하면 터지는 몇몇 사건들이 불신을 키웠다. 하지만 사실은 그게 아니다. 한국 수돗물은 세계적으로도 명품이다. 유엔 보고서에 따르면 122개 국가 중 한국 수돗물은 맛 7위, 수질 8위다.

세계적인 공식 평가가 이런데도 국민의 수돗물 직접 음용률은 5% 정도다. 경제협력개발기구(OECD) 회원국의 직접 음용률은 평균 51%다. 서울시 수돗물 '아리수'는 2008년 베이징올림픽, 중국 쓰촨 대지진, 2011년 동일본 대지진 때도 공급돼 호평받았다. 밖에선 대접받는 몸이 정작 안에선 외면당한다. 그래서 수돗물은 억울하다.

정부와 물 관련 기관들이 수돗물에 대한 신뢰 회복 방안을 깊이 고민할 필요가 있다. 국민이 마시는 물에 믿음을 갖게 되면 녹조는 '공포의 대마왕'이 아닌 생태계 문제, 진짜 환경 문제로 우리 앞에 설 것이다.

◆외부 필진 기고는 본지의 편집 방향과 다를 수 있습니다.

착 등을 통해 제거할 수 있다. 더불어 수돗물의 안전성을 더욱 강화하기 위해 일반 정수처리로는 완전히 제거되지 않는 맛, 냄새 물질, 미량 유기오염물질 등을 처리하기 위해, 10여 년 전부터 고도산화처리공정(AOP)인 '과산화수소+UV와 과산화수소+오존' 등을 활용해 처리능력을 더욱 높인 공정의 도입이 활발하게 진행되고 있다.

또한 취수 단계에서부터 조류 차단막의 설치, 심층의 물 선택 취수, 조류 발생 예·경보제 활용 등 선제적으로 대응하여 조류 유입을 최소화하고 있다.

조류의 대량 발생에 따른 문제는 사회적 이슈로 부각하기보다 정밀한 모니터링과 과학적 접근이 필요하다. 각계 전문가가 지적하는 문제 역시 대립이나 갈등보다는 학습의 기회로 삼아 안전한 물, 고품질의 수돗물을 생산할 수 있는 기회로 삼아야 한다.

유엔 보고서 따르면 122개 국가 중 우리나라 수돗물은 맛 7위, 수질 8위다. 평가가 높은데도 수돗물 직접 음용률은 5% 정도로 경제협력개발기구(OECD) 회원국 평균(51%)보다 현저히 낮다. 정부와 지방자치단체는 물론 물 관련 기관들이 수돗물에 대한 국민의 신뢰 회복 방안을 깊이 고민할 필요가 있다는 의미다.

특정 지역에 도시화가 집중됨에 따라 고농도 녹조 발생은 피할 수 없는 현실이다. 그저 목소리 높여 남 탓만 할 일이 아니다. 정부나 학계, 연구기관, 기업 등이 문제를 완화하기 위한 예산을 투입하고 긴 안목으로 집단 지성을 발휘하여 해결하려는 노력이 필요하다.

물에 대한 정치적 입장이나 진영 논리는 자칫 현상을 왜곡하고 그릇된 해법을 가져오기 쉽다. 또 물을 둘러싼 지역이기(利己)는 오늘나 살자고 내일 우리 모두를 죽이는 망국의 단견이 될 수도 있다.

일상생활이나 산업현장에서 발생하는 오염물질 역시 녹조 발생의 한 원인이다. 강과 하천에 유입되는 생활하수와 축산폐수, 플라스틱과 일회용 컵은 물속의 생태계를 어지럽히고 인간의 삶을 해친다.

환경에 대한 각성과 생활 속의 작은 실천이 녹조라테를 슬기롭게 해결하는 지름길이다. 물 관리에 대한 국민 개개인의 인식과 개선 노력이 필요하다.

# 지방상수도 통합 운영으로 물 복지 향상

물을 공급하는 우리나라 수도사업의 방식은 광역상수도와 지방상수도로 분리하여 운영 중이다. 그런데 지방상수도는 문제점은 열악한 재정과 낮은 현실화율, 지역 간 수돗물 품질의 불균형, 전문 관리 인력 부족 등의 문제를 안고 있다.

이런 문제를 극복하기 위한 방안으로 구역별 지방자치단체들의 통합운영을 통해 규모의 경제 효과를 노릴 필요가 있다. 다시 말해 규모의 경제로 중복투자 방지와 간접비 절감, 물 생산원가 절감, 전문 기술성 향상에 따른 편익을 얻을 수 있다는 것이다.

정부에서도 여러 지자체의 통합운영을 지원하는 정책을 펼친다. 현재 시행중인 경남 서부권의 거제·사천·통영·고성의 경우 행정안전부는 인센티브로 '유수율제고시범사업비' 특별교부세 56억 원을 지원하고, 환경부는 '상수관망최적관리시스템구축비'로 2010년부터 5년간 188억 원의 국비를 보조하는 혜택도 제공했다.

강원 남부권의 태백·정선·삼척·영월의 경우는 상수관망 개선을 위한 사업비 859억 원을 지원 받았다.

　생산원가를 차지하는 비율 중에는 누수율이 가장 크다. 연간 국내 총 급수생산량 665천만 톤/年 중에서 전국의 평균 누수율은 10.4%인 691백만 톤/年이나 된다. 누수율은 강원도 20.4%, 전라북도 22.4%, 경상북도 25.2%, 제주도 41.3%이고, 행정 단위별로는 군지역이 26.5%로 누수율이 가장 높다.

　또한 전국의 수돗물 평균 생산원가는 976.6원/㎥이고 요금부과 평균단가는 718.89원/㎥으로 현실화 비율은 73.6%이다. 특히 현실화 비율이 낮은 곳은 강원도 52.3%, 전라남도 58.1%, 경상북도 57.9%이다. 행정 단위별로는 역시 군지역이 가장 낮은 41.2%의 현실화 비율을 나타내고 있다

　수도요금은 전라남도 곡성군이 472.03원(현실화율 46.1%)으로 가장 낮고, 충청북도 단양군이 1591.81원(현실화율 56.3%)으로 가장 높다. 수도요금은 대체로 산악지형이 많은 군 지역이 높았다. 물은 삶의 질을 결정하는 기본권이다. 도시 지역과 농어촌 지역의 수도요금 불균형이 개선되어야 할 이유이기도 하다

　상수도 통합운영을 하면 기후변화에 따른 지방과 지방, 지방과 광역 간의 위기 대응에도 적극 대처할 수도 있다. 지방상수도를 관리하는 공무원의 잦은 순환보직으로 전문 인력 확보가 어려운 현실에서 통합운영을 통해 전문 인력을 확보함으로써 수질과 수량 관리의 전

문성 및 기술성 향상과 더불어 계획적인 유지관리로 누수율을 줄일 수 있고 안정적으로 수돗물을 생산할 수 있을 것이다

물론 통합운영의 장애요소도 있다.

각 지자체별 자체운영과 통합운영에 대한 선호도, 직원 감소, 지자체별로 요금과 현실화 비율이 다른 점, 수도요금 상승요인 우려 등 다양한 이해관계를 절충하기가 어려운 점은 있다. 그렇다고 바라만 볼 수 있는 여건은 아니다.

지자체의 만성적인 적자와 재무건전성 악화로 물 관리의 악순환이 반복되고, 전문 인력 부족으로 안전하고 깨끗한 물 생산에 차질을 빚고 있다. 앞에서 거론한 누수율, 생산원가 대비 현실화율, 수도요금 등을 감안하면 취약한 시·군 지역의 통합운영이 필요하다.

가장 급한 것은 누수율을 잡는 일이다. 경남 서부권과 강원 남부권의 예산 지원 등 사례에서 보듯 정부의 예산 지원이 통합운영의 유인책이 될 수도 있고, 지역별 통합운영이 효율적인 곳을 선정하여 전문기관 또는 상수도 조합 등의 통합운영을 유도할 필요도 있다

다수 지자체 상수도의 통합 방안으로는 우선 운영에 대한 통합을 하고, 중복시설을 단순화·현대화한 다음 최종적으로는 요금의 단일화를 실현하여야 한다.

수도사업의 광역화는 우선 공급 규모의 확대로 이어지고, 수익증가를 기대할 수 있다. 광역+지방, 지방+지방의 통합운영은 운영비

절감은 물론, 광역 단위의 수질검사소 운영, 누수율 향상, 감시정보 시스템 등의 전문적인 기능들이 보강될 수 있고. 취수원에서 수도꼭지까지의 운영관리 일원화로 유지관리의 효율성과 중복투자를 방지할 수 있으며, 결과적으로 깨끗하고 안정적인 물 확보가 가능하다.

상수도 통합운영을 통해 기후 변화에 능동적으로 대응할 수 있고, 규모의 경제 효과를 통한 원가절감, 고품질의 수돗물 생산, 전문 인력 확보는 물과 더불어 행복한 세상, 물 복지의 형평성을 실현하는 계기가 될 것이다.

# 미량 유해물질 관리와 수돗물 안전성 확보

영국의 의학저널에서 실시한 설문조사(British Medical Journal, 2007)에서 위생적인 수돗물의 공급은 1840년대 이후로 가장 중요한 의학적 성과라는 평가를 받았다.

이것은 상수도가 인류의 수명 연장에 크게 기여했다는 것인데, 인간의 수명은 20세기 들어와 약 35년 정도 증가하였고 이 중 30년 정도가 상수도 보급의 결과로 해석되고 있다.

우리나라에서의 수돗물에 대한 요구수준도 시대에 따라 변하고 있다. 단수(斷水)가 일상적이었던 1970년대는 수도꼭지에서 물만 콸콸 나오면 좋았던 시절이지만, 삶의 수준이 높아지면서 수돗물의 품질에 대한 요구수준은 날로 높아지고 있다.

산업화, 도시화가 진행되는 과정에서 발생한 낙동강 페놀 오염사고(1991년) 등 상수원 오염의 증가와 더불어 수돗물 바이러스 검출(2001년) 등 수질 이슈가 사회 문제로 떠오르기도 하였다.

이에 따라 2000년대 들어서는 환경 호르몬, 잔류성 유기오염물질

(POPs) 등 다양한 물질들에 대한 분석과 실태조사가 이루어지기 시작하였다.

최근에는 생활환경 중의 검출 가능성과 생태계나 인간의 건강에 악영향이 의심되는 물질로 의약물질, 과불화 화합물, 조류독소 등의 미량 오염물질에 대한 관심도 증대되고 있다. 이러한 관심의 영향으로 다양한 신규 유해 오염물질로부터 안전성을 검증받은 보다 안전한 수돗물에 대한 욕구가 높아졌다.

이런 추세에도 불구하고 여전히 불안요소가 이어지고 있다. 2017년 수돗물에서의 미세플라스틱 검출, 2018년 낙동강수계 과불화 화합물 오염 등 미량 유해 오염물질의 검출을 비롯하여 녹조 발생에 따른 수돗물의 조류독소(마이크로시스틴 등) 검출 우려 등으로 그동안 인정받았던 나름의 의학적 성과 대신 시민들은 수돗물이 오히려 우리의 건강에 좋지 않은 영향을 끼치지 않을까 하는 막연한 불안과 불신감을 느끼고 있는 듯하다.

그렇다면 시민들의 요구 수준에 맞추어 미량 오염물질로부터 안전한 수돗물을 생산·공급하려면 어떻게 해야 할까?

먼저, 미량 오염물질의 검출 실태를 정확히 파악하여 신속히 대응할 수 있는 수질분석 체계를 강화해야 한다.

정부에서도 이러한 필요성에 맞추어 '먹는 물 수질 감시항목'을 설정하여 운영하고 있으며, 수계별 조사결과를 바탕으로 수질기준과 함께 검사항목도 지속적으로 확대하고 있다.

또한 특별시와 광역시, 한국수자원공사 등 대규모 수돗물 공급기관에서도 정부 정책에 발맞춰 수질검사 항목 확대와 더불어 미량 유해물질, 바이러스 등 고도수질분석항목에 대한 검사를 강화하고 있는 것은 매우 바람직한 현상으로 보인다.

이러한 분석체계가 기초자치단체로까지 확대되어 우리 국민 누구나 안심하고 수돗물을 마실 수 있도록 정밀하고 정확한 수질검사가 이루어져야 할 것이다.

미량 오염물질이 하천이나 호소 등 상수원으로 유입되지 않도록 하·폐수의 재이용 처리를 강화할 필요도 있다. 하수와 폐수를 고도 처리하여 공업용수, 하천유지용수 등으로 다시 사용하면 하천 등으로 유입되는 미량 오염물질을 근본적으로 줄일 수 있고, 수생태계의 건강성을 회복하거나 유지할 수 있을 뿐만 아니라 물 부족에 대한 대응, 비용절감 등 물 이용의 효율성 향상에도 도움이 된다.

다만, 하수와 폐수라는 더러운 물의 고도 처리와 재이용에 대한 사회 일반의 인식 개선과 재이용 기술의 고도화 등이 함께 진행되어야 할 과제이다.

미량 오염물질이 정수처리 과정에서 효과적으로 제거될 수 있도록 고도 정수처리 기술 도입 등 수 처리 공정의 강화도 필요하다.

맛·냄새 물질, 과불화 화합물, 조류독소 등 많은 미량 유해물질은 오존이나 활성탄 흡착 등 고도정수처리공정에서 보다 우수한 제거효율을 나타내고 있다. 또한 'AOP(과산화수소+UV, 과산화수소+오존)' 등을 활용하여 처리능력을 더욱 더 높인 고도산화처리 설비의 도입도 적극적으로 추진할 필요가 있다.

미세 플라스틱의 경우 일반 정수처리 공정에서 $4 \sim 20\mu m$ 크기의 입자까지는 제거가 가능하고 활성탄 흡착과 같은 고도처리에서는 제거 효율이 보다 좋은 것으로 알려져 있다. 그러나 $1\mu m$ 내외의 크기가 작은 미세 플라스틱이 인체에 더 해로운 것으로 보고되고 있으므로, 정수처리 공정별, 미세 플라스틱 크기별 제거 효율 등 최적 정수처리 기술에 대한 다양한 연구가 활발히 진행되어야 할 것이다.

최근에는 수돗물에서의 유충 검출과 관련하여 많은 정수장에서 수(水) 처리 공정관리와 더불어 정수장에 미세 방충망 시설 설치, 생산 공정 설비 세척과 다중여과필터 설치 등 위생관리에도 노력을 기울이고 있다.

특히 특별시와 광역시, K-water의 일부 정수장은 식품안전부문 국제규격인 'ISO22000(식품안전경영시스템)' 인증을 획득하여 ISO 품질경영시스템의 구축은 물론 위해 요소 중점관리기준인 'HACCP(식품안전관리인증기준)'을 동시에 공인받고 있다.

아울러 여타 지방자치단체의 정수장도 위와 같은 인증을 더욱 확대해야 한다.

이런 철저한 노력으로 수돗물의 안전성을 확보함으로써 우리 물의 품질에 걸맞게 수돗물의 음용률을 높이는 데도 기여할 것이다.

# 반복 재해…지역건의 '댐'이 해법

　태풍 '힌남노'로 경북 포항시 남구 오천읍과 포항철강공단 업체들이 큰 피해를 입자 포항시가 항사댐 건설을 재추진하기로 했다.
　포항시는 2017년 남구 오천읍 항사리 오어지 상류에 총 저수량 530만t 규모의 항사댐 건설을 추진했다. 2016년 국토교통부가 '댐 희망지 신청제'를 도입하자 포항시가 신청했다. 포항은 2012년 산바, 2016년 차바, 2018년 콩레이 등 강풍을 동반한 태풍이 지역

홍수피해

# [독자의 눈] 반복 재해…'지역 건의 댐'

입력 2022.09.25 17:17   수정 2022.09.26 00:23   지면 A32

가가

\*독자 의견·투고 받습니다.

이메일 people@hankyung.com 팩스 (02)360-4350

태풍 힌남노로 경북 포항시 남구 오천읍과 포항철강공단 업체들이 큰 피해를 입자 포항시가 항사댐 건설을 재추진하기로 했다. 포항시는 2017년 남구 오천읍 항사리 오어지 상류에 총 저수량 530만t 규모의 항사댐 건설을 추진했다.

2016년 국토교통부가 '댐 희망지 신청제'를 도입하자 포항시가 신청한 것이다. 포항은 2012년 산바, 2016년 차바, 2018년 콩레이 등 강풍을 동반한 태풍이 지역을 통과할 때마다 냉천이 범람해 큰 피해를 입었다. 하지만 당시 환경단체는 항사댐 위치가 활성단층인 양산단층과 직각으로 놓여 위험하다며 반대했다. 그러나 이번 냉천 범람으로 아파트 지하주차장 인명 피해, 주택 침수 등의 피해를 당하자 냉천 상류에 물을 담아둘 댐이나 저수지를 보강·건설할 필요성이 다시 힘을 얻은 것이다.

반복되는 재해에 대한 최선의 대책은 댐 건설이다. '지역 건의 댐'은 홍수 피해를 줄이고 식수 확보를 위해 설치하는 중소규모 댐이다. 중앙정부가 아닌 해당 지자체가 건의해 '지역 건의 댐'이라 호칭한다. 급격한 기후변화가 진행 중인 우리 현실에선 '지역 건의 댐' 건설이 재해 예방과 수자원 확보라는 두 마리 토끼를 잡을 수 있는 확실한 카드다. 특히 환경보호가 가능하고 소수력 발전 등을 통한 친환경 에너지 생산이 가능해 환경단체나 주민들이 반발할 여지도 없다. 게다가 댐 건설로 인한 관광자원 활성화로 지역주민의 경제적 소득 창출도 기대할 수 있다.

을 통과할 때마다 냉천이 범람해 큰 피해를 입었기 때문이다.

하지만 당시 환경단체는 항사댐 위치가 활성단층인 양산단층과 직각으로 놓여 위험하다며 반대했다. 그런데 이번 '힌남노' 태풍에 의해 다시 냉천이 범람하여 아파트 지하주차장 인명 피해, 주택 침수 등의 심각한 피해를 당하자 냉천 상류에 물을 담아둘 댐이나 저수지를 보강·건설할 필요성이 다시 힘을 얻은 것이다.

이와 같이 반복되는 침수 재해에 대한 최선의 대책은 '댐' 건설이다. 지역에서 건의하는 '댐'은 홍수 피해를 줄이고 식수 확보를 위해 설치하는 중소규모의 댐이다. 중앙정부가 아닌 해당 지자체가 건의해 '지역 건의 댐'이라 호칭한다.

급격한 기후변화가 진행 중인 우리 현실에선 '지역 건의 댐' 건설이 재해 예방과 수자원 확보라는 두 마리 토끼를 잡을 수 있는 확실한 카드라고 할 수 있다. 특히 환경보호가 가능하고 소수력 발전 등을 통한 친환경 에너지 생산이 가능해 환경단체나 주민들이 반발할 여지도 없다. 게다가 댐 건설을 통한 관광자원 활성화로 지역주민의 경제적 소득 창출도 기대할 수 있다.

'지역 건의 댐' 건설은 지방자치단체가 실질적인 의사결정의 주체이다. 지자체, 주민, 사회단체 등이 건설과 운영의 전 과정에 참여해서 손발을 맞추면 보다 성숙한 숙의(熟議) 민주주의 발전의 성과도 기대해 볼 수 있다.

지역 건의댐

  재해의 예방과 수자원의 확보, 지역의 발전과 공동 이익을 위해, 함께 머리를 맞대고 추진해야 할 방향은 '지역 건의 댐'이 답이다.

[2022. 9. 26. 한국경제신문 〈독자의 눈〉]

# 광복절에 생각하는 '물 독립'

봉이 김선달은 한양 장사치들에게 대동강물 판매권을 팔아 큰돈을 챙긴다. 그래서 '대동강물 팔아먹은 봉이 김선달'이란 말이 생겼다. 요즘도 가끔 어처구니없는 명분으로 이권을 챙기는 이들을 '봉이 김선달 같다.'고 말한다.

이제는 이 말이 역사박물관으로 가야 할 때가 되었다. 요즘은 우리 사회에서도 물은 '공짜'가 아니다.

강물을 정화해 상하수도로 이용하고 그 비용을 소비자가 부담한다. 국가 기간산업이라 당연히 요금도 저렴하다.

그런데 이런 생활용수보다 수십, 수백 배 비싼 물도 있다. 산업용수다. 사람이 물을 마셔야 생존하듯 산업 역시 저마다 물이 필요하다. 산업용수는 공업용수, 순수(純水), 초순수(超純水)로 구분한다.

IT, 석유화학, 철강, 바이오, 발전 등 국내의 중추 역할을 하는 산업들이 산업용수를 사용한다. 경제 발전에 따라 고부가가치의 산업용수 사용량도 비례해서 증가한다. 한 예로 신규로 확장하고 있는 삼성전자 고덕산단에는 하루 47만㎥, 용인 SK하이닉스에는 하루 26만

대동강 사진

㎥의 산업용수가 필요하다.

그런데 우리 국민들이 잘 모르는 사실이 있다.

이러한 산업용수에 대한 국내 기술이 거의 전무하다는 점이다. 세계 10대 경제대국이라는 이름이 부끄러울 정도다. 생활용수인 상수도와 하수도에 대한 국내의 기술 능력은 많은 설계와 실적들이 있다. 하지만 안타깝게도 해수 담수화 설비나 순수와 초순수를 생산하는 시설에 대한 국내 자체 설계와 시공 실적은 없다.

우리나라를 먹여 살리는 세계적인 반도체 및 LCD 공장에서 사용하는 순수 및 초순수의 수 처리 공정은 일본 등 외국 물 전문 기업들의 기술에 의존하고 있다.

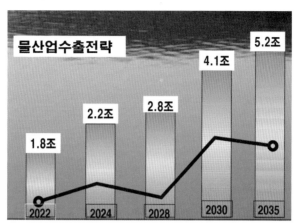

물 산업 수출 시나리오

　수출로 먹고사는 우리나라는 IT산업, 석유화학, 철강산업 등의 성장발전에 따라 순수와 초순수 등 산업용수의 수요도 가파르게 증가하고 있다. 수요가 많으면 공급을 위한 기술이 발달하게 마련인데, 예외적으로 우리나라 산업용수은 그렇지 않다. 단위설비 설계, 제작 및 운영에 대한 자립화가 이루어지지 않고 있다.

　왜 그럴까?

　산업용수 사용량은 기업별 영업비밀이기 때문이다. 따라서 시장에 공개되지 않고 외국 회사들에 의해 폐쇄적으로 운영되는 것이다.

　또 국내의 물 처리 사업 관련 기업들의 덩치가 작은 탓도 있다.

　대부분 중소기업이니 설계와 제작 능력, 연구개발과 투자 여력이 부족하다.

그렇기 때문에 제도적인 틀 안에서 대기업과 중소기업의 상생·협업이 필요하다. 대기업이 '물장사'에 관심을 가져야 한다는 얘기다.

　우리는 최근 미·중 무역 분쟁과 일본의 수출규제로 반도체 생산에 어려움을 경험했다. 기술 종속과 의존이 얼마나 우리 경제에 큰 영향을 미치는지를 온몸으로 처절하게 느꼈다. 국내에는 반도체, LCD 등의 첨단산업 관련 업종에 필요한 중소기업들이 많다. 그 기업들은 초순수 생산 공정을 운영할 수 없어서 많은 돈을 주고 대체 약품으로 처리하거나, 대기업 주변에 입주해 높은 비용으로 초순수를 구입해 제품을 생산하고 있는 실정이다.

　물 전문 리서치 기관인 영국 GWI는 산업용수의 경우 2024년에 23조 원 시장 규모에 이를 것으로 전망했다. 순수(純水)급인 해수 담수화는 중동을 비롯한 UAE, 사우디아라비아, 아프리카, 중국 등이 대규모 프로젝트를 계획하고 있으며 매년 15%씩 성장할 것이라는 예측도 덧붙였다.

　물이 그냥 물이 아니라 물이 금인 세상이 왔다는 얘기다. 그래서 선진 각국들은 물 산업을 '블루오션' 또는 '블루골드'라 부르고 있다.

　출발이 좀 늦었지만 지금이라도 '물을 팔아먹을' 생각을 해야 한다. 이스라엘, 싱가포르 등 물 산업 플랫폼의 세계적인 성공사례를 보면 대부분 국가 주도로 이루어지고 있다는 점도 눈여겨볼 대목이다.

　이스라엘의 경우 정부와 국영기업인 메코롯(Mekorot)이 물 관련 기업들의 기술적 방향성을 확인해주고 혁신기술 개발을 위해 스타

# 지금 한국에 필요한 건
# 21세기형 '봉이 김선달'

이종영
워터저널이사장

**봉**이 김선달은 돈에 눈이 어두운 한양 장사치를 이용해 대동강 물 판매권을 받아 큰돈을 챙긴다. 그래서 대동강 물 팔아먹은 봉이 김선달이라는 말이 생겼다. 요즘도 가끔 어처구니없는 것으로 어깃을 챙기는 이들을 '봉이 김선달 같다'고 말한다.

요즘 우리 사회에서 물은 '공짜'가 아니다. 강물을 정화해 상하수도로 이용하고 그 비용을 소비자가 부담한다. 그런데 어느새 수십, 수백 배 비싼 물도 있다. 산업용수다. 사람이 물을 마시야 생존하듯, 산업 역시 제대로 물이 필요하다.

산업용수는 공업용수, 순수, 초순수로 구성된다. IT, 석유화학, 철강, 바이오 등 국내 산업의 중추 역할을 하는 기업들이 산업용수를 사용한다. 경제 발전에 따라 고부가가치 산업용수 사용량이 빠르게 증가한다. 예로 삼성전자 평택 고덕산업단지에는 하루 47만㎥, 용인 SK하이닉스 공장에는 하루 26만㎥의 산업용수가 필요하다.

## 반도체, 철강 등 산업 성장에 고품질 산업용수 수요 급증
## 日 등 외국 기업 기술 의존 … 국가 주도 물 플랫폼 키워야

그런데 일반인이 잘 모르는 점이 있다. 이 산업용수 관련 국내 기술이 전무하다는 사실이다. 세계 10대 경제대국이라는 이름이 부끄러울 정도다. 상수도, 하수도 기술력은 괜찮지만 안타깝게도 해수 담수화와 순수, 초순수에 대한 국내 자체 설계, 시공 실적이 없다. 우리나라를 먹여 살리는 세계적인 반도체, LCD 공장에 적용된 순수, 초순수 수처리 공정은 모두 일본을 비롯한 외국 물 전문 기업의 기술이다.

국내 주요 산업이 성장하려면서 순수, 초순수 등 산업용수 수요는 가파르게 증가하고 있다. 수요가 많으면 공급을 위한 기술이 발달하기 마련이다. 그런데 우리나라 산업용수는 단위설비 설계와 제작, 운영에 대한 자립화가 안 돼 있다.

왜 그럴까? 산업용수 사용량은 기업 영업 비밀이라, 시장에 공개되지 않았고 외국 회사들에 의해 폐쇄적으로 운영돼왔다. 국내 설치의 기업 덩치가 작은 탓도 있다. 대부분 중소기업이니 설계와 제작 능력, 연구 개발(R&D)과 투자 여력이 부족하다. 그래서 주도적인 틀 안에서 대기업과 중소기업 협업이 필요하다. 대기업이 물장사에 관심을 가져야 한다는 애기다.

물 전문 리서치 기관인 영국 GWI는 글로벌 산업용수 시장이 2024년 23조원 규모에 이를 것으로 전망했다. 해수 담수화는 UAE, 사우디아라비아, 중국 등 대규모 프로젝트를 계획 중이라 매년 15% 성장할 것이라는 예측도 덧붙였다. 물이 그냥 물이 아니라 금인 세상이 온 셈이다. 산업용수는 물 산업의 '블루오션' 또는 '블루골드'라고 부른다.

출발이 늦었지만 지금이라도 따라 잡아야 할 것을 해야 한다. 세계적인 물 산업 플랫폼 성장 사례를 보면 이스라엘, 싱가포르 등 대부분 국가 주도로 이뤄진다. 이스라엘의 경우 정부와 국영 기업인 메코롯(Mekorot)이 물 관련 기업들의 기술적 방향성을 이끌어주고 혁신 기술 개발을 위해 스타트업에 투자, 상용화까지 연결시켜준다.

우리도 이제 물 산업 성장을 위해 발 벗고 나서야 한다. 단순한 사업 분야가 아니라 국가 기간산업 차원에서 정부가 대·중소기업이 동반 성장할 수 있도록 제도적 지원을 해야 함은 물론이다. ■

트업에 투자하여 상용화까지 연결시킴으로써 세계적인 성공을 거두고 있다.

우리도 물 산업의 빠른 성장을 위해 물 산업 플랫폼을 일신해야 한다. 정부 주도하에 민관, 산학연, 대중소기업 간 협력 플랫폼(물산업 클러스터)은 구축되어 있지만, 조건은 대기업과 중소기업 간의 구매 조건부 환경이 포함되어야 한다.

단순한 사업 분야가 아니라 국가 기간산업 차원에서 정부가 대기업과 중소기업이 동반성장할 수 있는 전주기적 제도와 지원을 해야 한다. 우리는 산업화가 늦어진 탓에 식민지 생활을 경험했지만, 유감스럽게도 물 산업 역시 아직 외국 기술에 종속돼 있다. 광복절을 맞으며 '물 산업 독립선언'을 생각하는 이유다.

[비슷한 내용이 매경이코노미 제2173호(2022. 8. 24~2022. 8. 30)에 〈지금 한국에 필요한 건 21세기형 '봉이 김선달'〉이란 제목으로 게재되었다.]

# 수돗물이 불로초

'고령화 사회', '초고령화 사회'는 이제 익숙한 단어들이다. 한국이나 일본, 서구문명권 국가들 대부분이 '고령화 사회'에 들어서 있다.

'고령화'란 무엇인가?

출산은 적은데 인간 수명은 늘어 노인들이 넘치는 세상이란 말이다. 이제 '환갑'은 겨우 신(新)중년에 진입했다는 뜻이다. 70세 안팎의 나이로 동네 경로당 기웃거렸다가는 "새파랗게 젊은 것이…" 하며 눈총을 받는다. 지하철 경로석도 80세 이상이나 돼야 눈치 안 보고 앉을 수 있게 됐다.

사람들이 옛날보다 오래오래 산다. 왜 오래 살까? 의학과 과학의 눈부신 발전 때문에? 아니다. 수돗물 때문이다. 고령화 사회, 장수만세의 일등공신은 수돗물이다.

필자 개인의 주장이 아니다. 영국 의학저널이 2007년 실시한 설문조사(British Medical Journal, 2007) 결과다. 이 조사에서 "위생적인 수돗물 공급이 1840년대 이후 가장 중요한 의학적 성과"라는 평가가 나왔다. 냇물이든 옹달샘 물이든 아무 물이나 마시고 살다가 제대로 위생처리를 한 수돗물의 대중화가 인간을 장수의 길로 이끌었다는 것이다.

그렇다면 진시황은 헛다리짚었던 셈이다.

인체의 수분 함량은 체중의 50~70%에 달한다.

순수한 근육조직은 약 73%의 물을 함유하고 있으며, 지방조직의 수분 함량은 약 20~25% 정도다. 인체에 절대적인 이 물이 위생적인 수돗물로 대체되면서 그 어떤 의학기술의 발달이나 보약보다 근본적으로 신체를 '개량'했다.

인간의 수명은 20세기 들어와 약 35년 정도 증가했는데, 이 중 30년 정도가 상수도의 보급 덕분이라고 전문가들은 판단하고 있다.

수돗물이 보편화되면서 그에 대한 고마움은 잊혀졌다. 그리고 수돗물에 대한 눈높이도 시대에 따라 날로 높아져 간다. 단수가 일상적인 1970년대에는 수도꼭지에서 물만 콸콸 나오면 좋았다. 이제 '콸콸'은 당연하고 품질에 이목이 쏠린다. 더 맑고 위생적인 물을 바란다. 양에서 질로의 전환은 자연스럽고 또 그래야 한다.

우리나라도 양에서 질로 전환하는 과정에서 크고 작은 고비를 겪었다. 산업화, 도시화 과정에서 발생한 낙동강 페놀 오염(1991년) 등 상수원 오염 증가와 더불어 수돗물 바이러스 검출(2001년) 등 사회적인 수돗물 수질 이슈가 있었다. 그리고 2000년대 들어와서는 환경 호르몬, 잔류성 유기오염물질(POPs) 등 다양한 물질들에 대한

5구산삼 블로초                              수돗물

실태조사와 대응이 이루어졌다.

  그리고 오늘날의 화두는 생태계나 인간의 건강에 악영향이 의심되는 의약물질, 과불화화합물, 조류독소 등의 미량 오염물질이다. 우리 국민이 원하는 수돗물은 이런 물질로부터 안전성을 검증받은 보다 안전한 수돗물이다.

  시민들의 높아진 요구 수준에 맞춰 미량 오염물질로부터 안전한 수돗물을 생산, 공급하려면 어떻게 해야 할까?

  먼저, 미량 오염물질의 검출 실태를 정확히 파악해 신속히 대응하기 위한 수질분석 체계를 강화해야 한다. 정부나 지자체도 이와 같은 필요성에 맞춰 먹는 물 수질 감시항목을 설정해 운영하고 있고 수질 기준과 검사 항목도 지속적으로 확대하고 있다.

특별시·광역시와 한국수자원공사 등 대규모 수돗물 공급기관도 수질검사 항목 확대와 더불어 미량 유해물질, 바이러스 등 고도 수질분석 항목에 대한 검사를 강화하고 있는 것은 바람직하다. 그런데 이런 분석 체계가 소규모 지방자치단체로도 확대돼야 한다. 물은 국민 모두에게 공정해야 하기 때문이다.

하지만 기관의 노력보다 더 중요한 것이 국민들의 노력이다. 미량 오염물질은 산업 화학물질, 의약품, 화장품, 농약, 환경호르몬 등에서 비롯된다.

이들로 인한 미량 오염물질이 하천이나 호소 등 상수원으로 유입되지 않도록 국민 개개인의 인식 개선이 무엇보다 필요하다.

별 생각 없이 버린 덜 쓴 화장품이나 농약 찌꺼기가 지천(支川)을 오염시킨다. 오염된 지천의 물은 큰 강으로 흘러 취수원인 강 전체를 미량 오염물질로 뒤덮이게 한다.

물론 먹는 물에 대해선 '완벽하다'고 해도 좋을 만큼 정수처리를 하고 있다. 하지만 청소기 성능 좋다고 과자 부스러기 마구잡이로 버리면 안 되듯이 오염물질에 대한 경각심은 잠시라도 잊으면 안 된다.

오늘은 미량 오염물질이 문제지만 내일은 또 어떤 존재가 우리 물을 위협할지 모른다. 안 버리고 덜 버리고 가려 버려야 한다. 좋은 물 덕택에 오래 사는데 은혜를 원수로 갚아선 안 된다.

제2장

물과 함께 34년

# 입사 전부터 좋아하던 물

한국수자원공사에서 34년 동안 직장생활을 했다. 흔히들 한 세대를 30년으로 잡으니까, 꼬박 한 세대가 지나가도록 한국수자원공사에서만 직장생활을 한 나로서는 그야말로 청춘을 다 바쳤다고 해도 지나친 말은 아닐 성싶다. 그렇게 볼 때 청춘을 다 바칠 정도로 한국수자원공사와는 '물 궁합'이 안성맞춤 이었던 셈이다.

물은 햇빛, 공기와 함께 생명체(生命體)가 살아가는 데 있어 가장 기본적이고 필수적인 존재이다. 과학자들이 행성을 탐사할 때도 가장 먼저 물의 존재를 확인하고, 물이 있다면 생명체의 존재 여부를 확인한다. 다른 우주에서는 생물체가 물이 아닌 메탄올을 먹고사는지 방사능을 먹고사는지 알 수 없지만, 지구의 생물체는 물이 있어야만 생존할 수 있다.

인류 문명도 물과 불가분의 관계다. 4대 문명의 발상지로 황하, 인더스 강, 나일 강, 유프라테스 강을 꼽는다. 치수(治水)를 통치(統治)의 기본 원칙으로 삼았던 이유도 문명의 발상지가 물과 관련이 깊다는 사실과 일맥상통하는 것 같다.

한국수자원공사 아산권지사

　노자(老子)가 '상선약수(上善若水)'라고 말한 까닭은 무엇일까? 물은 공평하고, 너와 나를 가리지 않으며, 순리를 역행하지 않는 최고의 선(善)이라고 생각했기 때문일까?

　물은 위에서 아래로 흐른다는 사실 만큼 변함없는 이치도 없을 테니 '상선약수'라는 말이 어울릴 법도 하다.

　나는 어릴 때 여주시 점동면에 있는 원부저수지 아래에서 자랐다. 초등학교 입학 전부터 수영을 할 줄 알았고, 학교를 다녀오면 할아버지가 갈아놓은 낫 2자루를 지게에 얹고 소꼴을 베고 소에게 풀을 뜯기러 가는 곳이 청미천과 저수지였다.

　한 지게 가득 소꼴을 베어놓은 다음에는 물안경을 쓰고 우렁이와

청송 주산저수지

다슬기를 잡아와 온가족이 함께 먹곤 했다.

어린 시절부터 개울과 저수지가 활동무대였고, 물과 친숙하게 지냈으니 물을 싫어할 까닭은 없었다.

1984년에 입대하여 배치된 곳도 물과 관련이 있었다. 3군사령부 시설대에서 군대생활을 했는데, 자대 배치를 받고 2개월 정도 내무생활을 하다 3군사령부 내에 물을 공급하는 급수장으로 배치를 받아 사령부의 전체적인 물 관리를 맡았다.

이때부터 물과 함께하는 인생길의 시작이었다.

3군사령부 급수장에서 10개월 정도 근무하다 군 사령관 공관의 공관병으로 차출되어 박희도, 최세창 두 분 사령관님을 모시게 되었다. 가까이에서 바라본 4 스타의 품위와 위압감은 실로 대단했는데, 육군 장교로서 너무나 멋진 모습에 두 분 사령관님을 존경하게 되었고, 아직도 당시의 동경하던 마음은 변함이 없다.

당시에는 공관생활을 마친 후 전역할 경우, 추천을 통해 M방송국에 입사할 수도 있었는데, 나는 가지 않았다. '내 인생 내가 개척하며 살아보겠다.'고 마음먹은 데다 건축설비업 쪽으로 진출하기 위해 필요한 자격증을 취득하는 등 사업을 하려고 준비를 해놓은 상태였다. 가끔은 '방송국에 입사할 걸 그랬나?' 하는 생각이 들기도 했지만, 나름대로 포부를 키워가고 있었다.

군에서 제대하고 건축설비업 사업 준비를 하면서 공기정화 장치를 만드는 회사에 6개월 정도 근무할 때였다. 평소에는 신문을 잘 보지 않는데, 우연히 지하철역 가판대에서 산 신문에 1988년 산업기지개발공사 사원모집 공고가 실려 있었다.

정확하게 뭐하는 공사인지도 몰랐지만, '산업기지개발'이라는 상호가 눈에 확 들어왔다. 군대 생활하면서 장교를 동경하던 마음과도 통하는 느낌의 상호였다. 마침 내가 취득한 자격증이 자격조건에 맞아 지원하게 되었고, 기능직으로 입사를 했다.

내가 입사했던 1988년 그해에 산업기지개발공사는 한국수자원공사로 상호가 변경되었고, 군대에서도 펌프를 운영했는데 공사에 입사해서도 첫 발령지인 청담동의 청담취수장에서 교대 근무를 하며 펌프를 운영했다.

어릴 때부터 물을 좋아했지만, 군대를 거쳐 한국수자원공사까지 물을 매개로 한 인연이 이어지고, 결국은 공사에서 물과 함께 34년을 지내게 되었다. 지금까지 물과 함께 직장생활을 하며 살아오고, 아이들을 키울 수 있었으니 '물 인연'은 나의 운명이자 인생 그 자체라고 해도 틀린 말이 아니다. 더욱이 물과 함께 행복한 시간을 보낼 수 있었으니 얼마나 큰 행운인가.

# 수 충격과 D데이

  1988년 한국수자원공사에 입사하여 34년 동안 다니면서 우여곡
절도 있었고, 나름 위기의 순간들도 있었다. 하지만 시민을 위해서
국민을 위해서 '먹는 물'을 만드는 과정에 참여한다는 뿌듯함과 만족
감은 직장생활의 비할 수 없는 성취동기였다.

  더욱이 나의 잠재능력을 양껏 발휘할 수 있었기 때문에 수자원공
사에서의 직장생활을 한 번도 후회한 적이 없었고, 회사 일 때문에
스트레스를 받은 적도 별로 없었다. 딱 한 번 차장 진급에서 떨어졌
을 때 며칠 동안 마음 쓴 일이 스트레스로 떠오르는 유일한 기억이
라고 해도 좋을 정도다.

  어떠한 여건과 상황이든 내가 하는 일 자체가 모두 재미있었고, 다
들 싫어하고 기피하는 일마저도 재미있게 해냈던 것 같다. 그 이유는
우선 물과 함께 일하는 것이 마음에 들었고, 나 스스로도 긍정적인
마인드로 살아가려고 했기 때문이다. 또 함께 근무했던 분들이 모두
좋은 선후배들이었고, 공익을 앞세우는 수자원공사의 기업문화도 자
부심을 느낄 수 있었다.

그래서 그동안 인연을 맺고 함께 근무했던 모든 분들과 수자원공사에 무한한 감사의 마음을 전한다. 특히 퇴직을 하고 나서 새삼 34년의 물 인연과 사람 인연이 소중하다는 것을 곱씹을 수 있어서 더욱 고맙게 생각한다.

　1988년에 입사하여 청담취수장에서 1년 근무한 다음 1995년까지는 국내에서 가장 대규모인 팔당권의 근무지에서 일했다. 그때는 동료들과도 잘 어울려 특별히 신경을 써야 할 일이 없을 때는 오전 10시부터 새벽 2~3시까지 테니스를 치거나 술자리를 가지기도 했다. 지금 같으면 어림도 없는 일이겠지만, 당시 팔당호에서 몰래 낚시를 하거나 투망으로 민물고기를 잡아먹던 아련한 기억도 난다.

　1988년 입사할 당시에는 기능직이었다. 입사한 지 2년 후에 일반직 5급 내부 임용시험이 있었는데, 첫 번째 시험에서 합격을 했고, 얼마 있지 않아 사무실에서 설계, 감독, 운영 관리를 맡게 되었다. 당시에는 일반직으로 입사해도 펌프장과 정수장에서 2~3년 교대근무를 하다 사무실로 보직을 변경하게 되는데, 나는 다행스럽게도 임용시험 덕분인지 빠르게 사무실 근무를 할 수 있었다.

　몇 년에 걸쳐 설계는 물론 설비별 기술 파악과 함께 운영관리 업무를 배워야 제대로 기술검토서를 첨부하여 기안문을 작성하는 것이 보통인데, 나는 누가 가르쳐준 것도 아니건만 몇 년씩 경험이 있는 사람처럼 업무를 처리하는 데 문제가 없었다. 당시 강경우 부장님께서 어려운 일, 큰일 가리지 않고 나에게 일을 맡겨주시곤 했다. 새삼

강경우 부장님과 정명교 부장님께 감사의 마음을 전한다.

나의 업무 스타일은 스스로 생각해봐도 무척 도전적이다. 지금도 마찬가지지만 획일화되거나 매뉴얼대로 처리하는 일에는 큰 흥미를 느끼지 못한다. 어드벤처 스타일(adventure style)이라고나 할까. 특히 실타래처럼 꼬여 있는 큰 업무가 마음에 들고, 이런 일에 흥미를 가지고 달려들어 멋지게 마무리를 지었을 때 더욱 보람을 느낀다.

팔당권의 근무지에서 일할 때 가장 이슈가 되고 반드시 해결해야 할 업무는 대형 펌프장에서 펌프 ON/OFF, EMERGENCY 정지 시 발생하는 수 충격(水 衝激, Water hammer)으로 관로가 파손되거나 펌프장이 잠기곤 하는 일들이었다. 종종 이런 일이 발생하여 대형 펌프장에서는 가장 중요한 업무 중 하나였다.

그러나 당시만 해도 수 충격(Water hammer)에 대한 국내의 전문가는 없었기 때문에 스위스에서 온 마이스터(Meister) 박사님이 기술자문위원으로 같이 일하게 되었다. 일이 돌아가는 형편을 보니 수 충격만 제대로 처리하면 먹고 사는 데 문제가 없을 것이라는 확신이 섰고, 수자원공사에서는 물론이거니와 국내외 최고의 전문가가 되겠다고 마음먹기에 이르렀다.

수 충격의 유동은 부정류인데, 부정류에 대한 이론 정립은 전 세계적으로도 70%에 미치지 못한다고 하는 어려운 공부였다. 마이스터 박사님의 그간의 실험 자료를 받아 공부를 하고 종로서적에서 유체 유동에 대한 서적을 몇 권 구입하였는데, 그나마도 부정류에 대한 서적은 없었다. 그래서 부정류에 대한 미국 유타대의 학위논문을 여러

펌프제어밸브 수충격 실험중 파손된 축

편 찾아보며 공부를 하게 되었다.

　그 이후로 30년 이상 수 충격에 대해 현장에서 많은 일들을 처리하였지만, 지금도 어렵긴 마찬가지다. 이론과 현장에서의 실험값이 차이가 있기 때문이다. 그래서 지금은 수 충격에 대한 수치 해석을 한 다음, 수 충격 완화를 위해 경험치를 바탕으로 한 현장 튜닝(tuning)을 더욱 중요하게 생각한다.

　국내에서 가장 큰 펌프장인 팔당취수장, 판교가압장, 일산가압장 등 수도권의 많은 펌프장을 큰 사고 없이 운영할 수 있도록 했던 일들에 대해 나름대로 보람을 느꼈다.

　다만 안타깝고 아쉬운 점이라면 큰 펌프장에서 수백 회의 수 충격

펌프제어밸브 전경

테스트를 하며 터득한 기술에 대해 학회, 수자원공사 연수원, 현장관리단 등에서 강의를 하거나 현장 실습을 하곤 했지만, 물 전문기관인 수자원공사에서조차 수 충격 해석 프로그램을 구매하여 입력 값 몇 개 집어넣고 프로그램을 돌리는 정도밖에 없고 수 충격 관련 현장 튜닝(tuning)을 하거나 제대로 된 해석을 하며 펌프장의 안정화를 책임질 수 있는 전문가다운 직원이 없다는 사실이다.

또 하나의 문제점은 국내 설계사나 건설사, 중소기업 등 수 충격 완화를 위한 해석과 현장 튜닝을 할 수 있는 분들이 거의 없다는 것이다. 펌프장에서는 가장 중요한 공정이기 때문에 이론과 현장 경험을 통해 훌륭한 전문가가 배출되어야 한다. 당연히 수자원공사 같은 물 전문기관에서 필수적으로 인력 양성을 해야 한다.

나는 수자원공사를 퇴직한 입장이지만, 지금도 펌프장 현장에 수충격 관련 설계나 현장 튜닝에 문제가 발생한다면 언제든지 달려가서 일정 부분의 기술과 노하우를 지원할 마음도 가지고 있다.

1996년부터 2001년까지는 수도권광역상수도(시설용량 330만 톤) 건설현장에서 상수도시설 설계와 건설 업무를 담당하였다. 건설과정에 많은 사건들이 있었지만, 먼저 IMF 때 일어났던 일이 생각난다.

건설비용이 1,000억 원 넘는 건설현장이 9공구나 있었다. 그 중에서 공구별 주관 건설사인 극동건설, 한신공영 등 대형 건설사 5군데가 채무 불이행으로 부도가 났다. 내가 감독하는 기계 분야도 펌프, 밸브, 수(水)처리 설비 등 단위설비별로 30여 건이나 되었는데, 12개 업체가 채무 불이행으로 부도가 났다.

우리나라의 IMF 시련기는 1997년 12월 3일~2001년 8월 23일 기간인데, 전체적인 시설공사와 기계설비 제작 등 중간 정도의 공정을 보였던 1998년도 3~10월 사이에 수많은 업체의 부도가 발생했다. 그런데 그해 1998년 11월 10일 VIP를 모시는 가운데 팔당취수장 임시준공식인 통수식이 예정되어 있었고 날짜는 변경 불가였다.

국내 최대 용량의 펌프는 효성에바라에서 정상적으로 제작이 진행되고 있었는데, 그 다음으로 없어서는 안 될 중요한 수 충격 완화용 펌프제어밸브의 제작업체인 연합밸브가 부도를 냈다. 그때가 5월쯤인데, 정상적으로 하면 7~8월쯤 현장에 반입되어 설치가 끝나야 했다. 그때의 제작 공정이 밸브 바디는 형상만 완료하고 일정 부분 가공이 되어 있는 상태였다.

수 충격 완화용 펌프제어밸브는 정밀하게 가공·제작되어야 하고 현장 설치도 견고하게 이루어져야 하는데, 고가인 그 밸브에 대해 법원에서 가압류 빨간 딱지를 붙이러 간다는 소식을 접하였다. 가압류 빨간 딱지가 붙을 경우 현장으로 이동하여 설치할 수 없을 뿐만 아니라 정상화하여 설치하려면 수개월이 소요되고, D데이인 11월 10일은 도저히 맞출 수가 없었다.

빨간 딱지를 붙이기 전에 무게가 7톤이나 되는 밸브 10대를 숨기기 위해 007작전을 펼쳤다. 늦은 밤중에 김포공장에서 빼낸 밸브를 양평의 모처에 숨겨두었다. 얼마간 시간이 지나서 미완성이나마 펌프제어밸브는 팔당취수장에 반입할 수 있었다.

다른 여러 건의 부도난 기계업체와 계약한 설비도 D데이 전에 반입하여 설치해야 하기 때문에 공사 자문변호사, 3군데 법원, 밸브협회 등을 수개월 동안 찾아다니며 붙어 있는 딱지를 떼도록 협의하여 반입되지 않은 설비류를 반입해야 했다.

완성품이 아닌 펌프제어밸브는 현장에 반입하여 제작하고 설치함으로써 드디어 11월 10일 통수식(通水式)을 할 수 있었다. 그런데 정작 통수식에는 대통령을 비롯하여 VIP는 참석하지 않았고, 자체 행사로 마무리했는데, 비록 IMF 때라고는 하지만 D데이라는 일정 때문에 공정을 맞출 수 있는 계기도 되었다.

이때 부도난 업체의 설비를 해결하기 위해 주간에는 법원과 변호사 찾아다니고, 야간에는 검토서 작성하여 해결하기 위한 공문이 90여 건 이상 발생했고, 채권자(은행, 저축은행 등)를 만나 국가사업이니 대금 지급은 가능하다고 설득하고 간절하게 협조를 부탁하여 어렵사리 공정을 맞출 수 있었다. 당시에는 애가 타는 일이었지만, 지금은 아름다운 추억이 되었다.

부도난 12개 업체의 설비를 어렵게 반입하여 설치하는 복잡한 일들을 추진하면서도 꼬여 있는 실타래를 하나하나 풀면서 보람도 느꼈고, 지금 생각해보면 7년 동안 건설단에 근무하면서 가장 흥미롭고 재미있었던 일 중의 하나였다.

그렇게 일을 처리하고 난 뒤 한참 세월이 흐른 지금도 당시 선배님들과 만나면 할 수 없는 일들을 했다는 등 소주가 두어 병 비워질 때까지 무용담이 오가곤 한다. 정말이지 'D데이'라는 지상목표가 있었기에 그 어려운 시기에도 공정을 맞출 수 있었다고 생각하니 목표가 얼마나 중요한지 새삼 실감하게 된다.

수도권 수자원공사의 모든 수도사업장(펌프장, 가압장, 정수장)은 내 발길이 닿지 않은 곳이 거의 없다. 건설과 유지관리에 나의 땀과 정성이 깃들어 있다는 말이다.

오며가며 사업장 근처를 지날 때면 시민을 위해 잘 운영되는 것을 보고 당시를 떠올리면서 미소를 짓기도 한다.

# 수도권 광역상수도 건설단에서의 추억

수도권 광역상수도 건설단에서 근무할 때였다.

당시에도 나의 가장 큰 관심은 수 충격을 해결하는 문제로 기술 자문을 하던 마이스터(Meister) 박사님에게 배운 대로 해보는 수 충격 실험 과정이었다.

국내에서 가장 큰 펌프장은 팔당3취수장과 판교가압장이고, 펌프 시설 용량은 330만 톤이다.

팔당취수장의 펌프는 효성에바라, 판교가압장의 펌프는 현대중공업에서 납품하기로 되어 있었다. 펌프의 제작 납품은 문제가 없었지만, 수 충격과 관련된 펌프제어밸브가 문제였다. IMF로 인해 납품업체인 연합밸브는 부도가 났기 때문에 미완성인 채로 현장에 반입할 수밖에 없었다.

팔당3취수장은 효성에바라에서 수 충격 실험을 진행하게 하였는데, 판교가압장에서 실험을 시행해야 하는 현대중공업은 수 충격 실험을 할 수 있는 전문가도 없을 뿐 아니라 실험하는 데 문제가 있다는 것이었다.

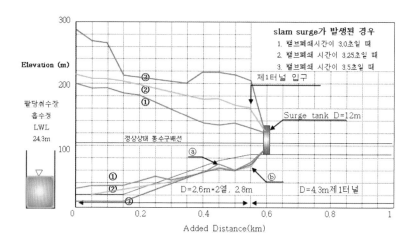

수 충격에 직접 영향을 미치는 펌프제어밸브는 미완성인 데다 현대중공업에서는 실험도 할 수 없다고 하니 어쩔 것인가?

완공 후 펌프장의 안전성을 확보하기 위해서는 당연히 수십 회에 걸쳐 수 충격 실험을 해야 했다.

그래서 현대중공업에 수 충격 실험 장치라도 제공하라고 하여 휴렛패커드의 Data Acquisition 장비를 제공받았다.

주중의 일과 시간에는 내가 맡고 있는 다른 현장 6군데를 돌아다니며 건설 감독과 함께 행정 처리를 해야 하고, 수 충격 실험은 심야 전력을 활용해야 하므로 밤 10시 이후에 진행을 했다.

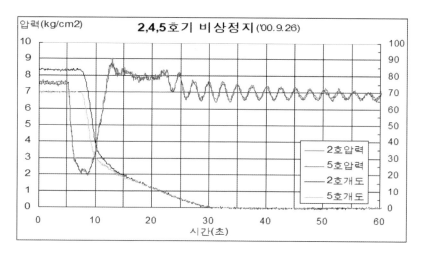

수충격실험 성공사례

　판교가압장은 당초 수 충격에 대한 설계마저 잘못되어 있었는데, 잘못된 설비를 성공적으로 안정화시키기 위해 약 3개월에 걸쳐 실험을 하며 고군분투하였다.

　필자를 포함하여 수자원공사 담당 차장, 감리단과 제작사의 담당자들이 매일같이 밤 10시에 실험을 시작하여 12시나 1시쯤 실험이 끝나면 어디 가서 잠잘 곳도 마땅치 않아 태재고개 너머 토굴 찜질방에서 잠시 눈을 붙이고 다음날 출근하는 일이 매번 반복되곤 했다.

　실험 결과에 따라 만족스러울 때는 치맥도 한 잔씩 나누며 함께 뒹굴던 분들이 떠오른다. 일하는 재미라는 말이 어떨지는 모르겠으나 나름대로 재미도 있었던 추억이다.

완벽하다고 장담하긴 어려웠지만, 펌프장의 안전성을 위한 수 충격 실험은 그렇게 하여 어느 정도 마무리가 되었다. 지금 생각해봐도 불평 없이 함께 실험에 동참해준 연합밸브 이성규 사장님과 문준동 차장님께 이 자리를 빌려 감사를 드린다.

펌프장을 건설하면서 수 충격 실험을 했던 기억은 수자원공사의 기술 분야에서 근무했던 필자에게는 잊어버릴 수 없는 일이거니와 먹는 물을 책임지는 수자원공사에서 수 충격과 같은 중요한 분야의 기술과 노하우를 제대로 관리하고 있는지 가끔씩 걱정이 되기도 하는 것이 사실이다.

# 차관 심사를 위해 앙골라를 다녀오다

2009년 11월 앙골라를 다녀왔다.

수출입공사에서 앙골라에 제공하는 EDCF 차관에 대해 심사하기 위한 출장이었다. 심사 컨설턴트의 자격으로 필자는 수출입은행 직원과 함께 두바이를 거쳐 앙골라 수도 르완다로 갔다.

면화 재배를 위한 관개시설을 마련한 1단계 사업에 이어 배수시설 개선, 농지정리 등 농촌 인프라 구축과 마을 건설, 농업훈련센터 건설 등 영농 지원 프로그램을 지원함으로써 농촌의 안정적인 생업 기반을 조성하고 전쟁 난민의 농촌 지역 정착을 지원하는 2차 농업 현대화 사업을 위한 차관 제공이었다.

차관을 통해 농업 현대화 사업이 이루어지는 콴자 술(Kwanza Sul) 주(州) 지역은 수도인 르완다(Luanda)에서 325Km 남쪽에 위치하는 곳으로 토지와 기후 등이 면화를 재배하기에는 적합한 곳이라고 했다.

콴자 술 주는 인구 849,000 명 중 75%가 농촌지역에 거주하고 있어 영농 인력의 확보가 용이하고, 사업을 위한 관개시설 취수원으로

앙골라 중앙고속도로 휴게소

사용할 큐브(Cueve)강은 건기(乾期)에도 풍부한 수량을 유지하고 있었다.

면화는 식민지 시대에 커피와 더불어 주요 경제작물이었으나, 오랜 내전으로 관개시설이 파괴되고 영농인구의 이탈로 생산이 대부분 중단된 상태이며, 그나마 국내 수요마저 수입으로 충당하는 형편이라고 했다.

농업 현대화 사업은 관개시설을 마련하고 배수시설을 개선하는 한편, 경지정리 등 농업 기반이 개선되어야 소기의 목적을 달성할 수 있으나 1차 사업 이후 2008년 하반기의 유가 하락에 따른 앙골라 정부의 예산 부족으로 2차 사업 진행이 불투명해지자, 앙골라 정부

목화농장 예정지

는 EDCF 차관 자금의 지원을 요청하게 되었다고 했다.

우선 앙골라가 어떤 나라인지 인터넷에서 검색해 보았다.

포르투갈의 식민지였던 앙골라는 좌파 성향의 앙골라해방인민운동(MPLA), 반공(反共) 민족주의파인 앙골라해방민족전선(FNLA), 앙골라완전독립민족동맹(UNITA)의 3개 조직이 대립하며 대(對) 포르투갈 무장투쟁을 전개해왔다.

1974년 4월 포르투갈 본국의 정변(政變)으로 새로 들어선 정부가, 식민지에 독립을 부여한다는 성명을 발표한 뒤에도 계속 대립하다가 1975년 1월 케냐의 조정으로 3자가 단합하여 포르투갈과 독립

협정을 체결하고 잠정정부를 발족시켰다.

그러나 1975년 3월에는 MPLA와 FNLA 사이에, 5월에는 MPLA와 UNITA 사이에 전투가 벌어졌고, 8월 이후는 MPLA 대 FNLA·UNITA 연합세력의 형태로 다시 전투가 격화하였다.

처음에는 소련·동유럽 국가들의 원조를 받은 MPLA가 미국·중화인민공화국의 원조를 받은 연합세력을 압도하였으나, 10월 말 남아프리카 공화국 군대의 개입으로 형세는 역전되었다. 그러나 11월 초부터 쿠바군의 투입과 소련의 무기원조 확대로 형세는 다시 역전, 1976년 2월에는 MPLA의 승리가 확정되었다.

한편 내전 중에 MPLA는 앙골라인민공화국을, 연합세력은 앙골라민주주의인민공화국을 선언하였는데, 내전이 종결된 직후에 인민공화국의 정통성이 아프리카 통일기구(OAU)에 의하여 인정되었다

유엔의 중재로 1991년에 휴전협정을 맺고, 1992년에는 선거를 치렀으나 UNITA가 선거 결과를 인정하지 않아 다시 내전에 돌입했고, 2002년 UNITA의 지도자 조나스 사빔비가 목시코 지방에서 정부군과 교전 중 전사하고 나서야 반군 5만 명이 해체되고 내전은 완전히 멈추었다.

앙골라의 자원 확보를 위해 강대국들이 전쟁을 부추겼다는 이야기를 앙골라 현지에서 듣기도 했다.

말하자면 러시아는 다이아몬드, 미국은 원유 확보를 위해 세력 간에 내전이 일어나도록 하고, 그 세력들에게 무기를 팔아먹으면서 비

용은 다이아몬드와 원유 자원으로 가져갔다는 것이다. 수십 년 동안의 내전으로 앙골라만 골병이 든 상태였던 셈이다.

필자는 EDCF 차관과 관련하여 수출입은행의 심사 요청을 받고 물에 관련된 부분만 심사하는 줄 알고 넙죽 "예, 하겠습니다." 하고 대답했다. 먼저 면화 농장 사업계획서에는 관개시설 구축과 농업기반 개선, 영농 지원 프로그램이 주였다. 그런데 점점 진행될수록 면화(목화) 농장에 대한 수출과 사업계획서까지 작성하라는 요구였다.

이런 일은 전문기관에서 해야지, 개인적으로 할 사항은 아니라고 반문했지만, 통하지 않았다. 어쨌거나 마음속으로는 공부도 할 겸 한번 부딪쳐 보자고 마음먹었다.

당초 사업계획서 내용은 어느 정도 파악한 상태에서 2009년 11월 앙골라 르완다로 향했는데, 두바이를 거쳐 앙골라를 가는 길이 꼬박 하루는 걸린 듯하다. 수도 르완다에 도착하니 농림부차관이 마중을 나왔고, 국내 기업인 인터불고 호텔에 도착했다. 호텔이라기보다 국내의 규모가 있는 모텔 수준이었다.

앙골라에서의 주요 업무는 협상이었다. 예산은 앙골라 정부에서 집행하자는 내용의 협상인데, 수출입은행 직원들과 함께 진행했고, 재무부장관과 농림부장관 등 앙골라 정부의 의사 결정권자들과 미팅의 연속이었다.

앙골라 정부의 고위직이 매일같이 저녁식사를 대접해 주었다.

포르투갈이 지배했던 나라여서 그런지 음식은 먹을 만했는데, 문

앙골라 농림부장관과 업무 협의

제는 가격이었다. 1인당 식사비가 약 50달러란다. 르완다에서 2~30분만 나가면 텔레비전에서 많이 보았던 전형적인 아프리카 시골인데, 그 지역에서는 1달러로 4인 가족이 일주일을 먹고 산다는 현실에 비춰보면 앙골라 정부의 정책을 알 만하다.

또한 르완다에도 신도시를 개발하여 많은 저택들이 있었다. 당시에도 집 한 채 값이 우리나라 돈으로 50~100억쯤 간다고 했는데, 집주인은 전부가 고위직 공무원이라고 했다. 자가용도 수억 원씩 하는 도요타 RV를 소유하고 있었는데, 고위직들은 UN등의 지원을 받아 영국 러시아 프랑스 등에서 유학하고 돌아온 유학파들이란다.

재미있는 것은 그 나라의 재계 순위도 대통령, 대통령 딸, 국방장

앙골라의 시골 풍경

관, 건설부장관 등 권력 순위와 통한다고 했다. 현장에서 들은 이야기고 그 나라를 폄훼할 생각은 없지만, 며칠 동안 지내면서 그러한 말을 실감할 수 있는 일들도 많이 보았다. 국내 기업인 인터불고 호텔의 현지 사장님과 며칠 동안 동행하면서 들은 이야기가 많다.

원래 인터불고는 원양어업을 하는 회사인데 앙골라 내전 때 원양어업을 하면서 잡은 물고기를 무상으로 많이 지원하였고, 현 정부와도 긴밀한 관계라고 했다.

앙골라는 건설용 골재가 부족한 나라여서 지금은 석산을 개발하고 있다는 말도 덧붙였다. SOC나 1억 달러 이상의 개발 프로젝트는 대통령 딸이 결정한다고 하였다. 멀리 아프리카에서 수익을 창출하는 인터불고가 진정한 애국 기업이라는 생각이 들었다.

목화농장을 건설할 콴자 설 주(州)는 르완다에서 350km떨어진 곳으로 주변이 준 사막지역이었다. 가는 길은 왕복 1차선 도로인데, 우리나라의 경부고속도로 같은 존재다. 중국에서 앙골라 재무부 빌딩과 같이 무상으로 건설했다고 한다.

앙골라에서 4박 5일 지내면서 중국 자금의 영향력이 엄청나게 크다는 사실을 실감할 수 있었고, 매년 중국 사람들을 수천 명씩 이주시킨다는 말도 들었다.

르완다에서 관자슐로 가는 길의 좌우에서 전쟁의 흔적들을 많이 볼 수 있었다. 탱크, 포, 군용트럭 등 파괴된 군사용 장비들이 어지럽게 널려 있었다.

앙골라는 국토의 대부분이 아직 개발되지 않은 상태이고, Kwanza Sul까지 350km를 달려가는 동안 끝이 보이지 않을 정도의 평원들이 이어졌다. 해안 근처라서 그런지 주변에 산이 없었다. 왕복 1차선의 중간 중간에 휴게소가 있는데 휴게소라야 무슨 건물이 있는 것은 아니고 천막을 치고 고구마 옥수수 콜라 등 잡화를 파는 난전 상인들뿐이었다.

과일주스 한 잔 사먹으며 업무 차 Kwanza Sul에 이틀 동안 머무를 예정인 우리 일정에 대한 이야기를 나누었다. 휴게소의 상인이 우리가 중국인인 줄 알고 "쉬나~쉬나"라고 한다. 중국 차이나를 "쉬나"라고 하면서 상인은 옆에 앉아 있는 자기 딸을 데리고 가서 이틀 동안 같이 즐기다 오라고 한다. 딸에 대해 19금의 낯 뜨거운 행동을 하며 뭐라 뭐라고 자랑을 하는데, 웃으면서 지나왔다.

이국땅이지만 엄마가 딸을 팔아 몇 푼의 돈을 벌자고 하는 데 대해 성인식보다 애처롭고 한편으론 강대국의 희생물이 되어 불쌍하게 살아가는 앙골라 사람들이 서글프기도 했다.

자동차로 5시간 정도 달려서 목화농장 현장에 도착했다.

현장 공사는 앙골라 업체에서 하고, 한국농촌공사에서 감리를 담당하고 있었다.

농촌공사는 현장 감리의 근무 여건이 매우 열악했는데, 앙골라에서 농업단지 조성을 위한 전초기지로 활용하고 있었던 것 같다.

현장은 광활한 토지였고 가까운 거리에 큰 강이 있었다.

아프리카를 생각하면 메마르고 물이 없으며 온 땅이 사막인 것처럼 인식하고 있었는데 앙골라에는 우리나라의 한강보다 몇 배나 큰 강들이 있었다.

농업은 물론이고 모든 산업과 경제발전을 위해서는 물이 있어야 하는데, 그 많은 물이 있음에도 불구하고 낙후되어 있는 앙골라의 현실을 보면 정책을 세우고 개발하는 고위직 공무원들이 먼저 떠오른다. 비정상적으로 가진 특권이 많은 그들은 국민들의 의식 수준이 높으면 유리할 게 없다고 인식하는 것 같았다.

특권의식이 가득한 공직자들 아래서 살아가는 대다수 국민들의 현실은 비참하기 이를 데 없었다.

목화농장 현장을 둘러보고 필자의 전문 분야인 펌프장을 점검한 결과 역시나 수 충격에 대한 설비는 전혀 없었다. 물 관련 시설은 단순했다. 펌프를 이용해 인공적으로 만든 저수지에 물을 퍼 올리면 수로를 통해 자연유하로 목화밭에 공급하는 시설이다. 그리고 지역 주민들은 염소 몇 마리와 바짝 마른 소 몇 마리로 생활하고 있었고, 너무 불쌍해 보여 다른 사람들 모르게 주머니에 있는 5달러짜리 한 장을 쥐어줬을 때 목동의 그 표정은 아직도 눈에 선하다.

Kwanza Sul에서 하룻밤을 보내고 아침 일찍 일어나 고요하고 평화로운 대서양 바다에 가볍게 몸을 담갔다. 그 일이 아주 오래전 꿈속에서 보았던 모습처럼 싱그러운 기억으로 떠오르곤 한다.

앙골라 국가와는 계획한 대로 협의가 잘 되었고, 차관 사업장인 목화 현장도 둘러보았기 때문에 르완다를 떠나 두바이를 경유하여 출장을 마무리할 수 있었다.

출장보고서, 즉 차관 제공 심사의 적법성에 대한 보고서는 영문으로 작성해야 했다. 목화 재배에 대한 지식이 부족해서 아프리카 탄자니아, 남아프리카공화국 등의 목화 농장 경영상황을 파악하고 세계의 목화 수요와 가격 정책 등 많은 자료를 수집하여 분석한 다음 앙골라만의 기후적인 특성과 정부 정책을 반영한 심사보고서를 작성하여 수출입은행에 제출하였다.

분량이 A4용지로 150여 페이지나 되었다.

목화 재배와 사업경영에 대한 지식이 부족하다 보니 많은 어려움이 있었고, 여러 사례를 벤치마킹하여 작성할 수밖에 없었지만, 가난

한 농민들의 먹고사는 문제가 해결되고, 경제활동이 잘 되었으면 하는 바람으로 정성껏 보고서를 만들었다.

나중에 수출입은행에서 연락이 왔다. 보통 컨설턴트 등급 평가를 할 때, 교수 급을 B급 정도로 평가하는데, 필자에 대해서는 A급으로 최고 등급의 평가를 받았다는 연락에 무척 기분이 좋았다. 당연히 등급에 따라 수당도 차이가 있었다. 얼마 후에 뒤풀이 겸 가볍게 저녁을 한 번 먹었던 기억이 난다.

# 히말라야 안나푸르나의 물 사정

요산요수(樂山樂水)라는 말이 있다.

산과 물을 좋아한다는 뜻으로, 인자요산(仁者樂山)과 지자요수(知者樂水)라는 말로 발전하기도 한다.

필자 역시 요산요수족일 성싶다. 자연을 좋아하고 자연과 함께 있으면 온 세상을 가진 듯 편안하고 좋기 때문이다. 필자에게 산은 치유의 숲이 되고, 물은 어머니의 품속처럼 고요하고 편안하다.

그동안 살아오면서 매주 1회 이상은 산행을 했고, 큰 산 위주로 산행하는 필자만의 산행 철학이 있다. 산행 철학이라면 힘든 걸 즐긴다는 것. 그래서 필자의 산행 속도는 웬만한 산악대장들도 따라 오기가 쉽지 않을 정도다. 극한으로 힘든 산행일수록 정상에 올랐을 때의 기분은 말로 설명하기 어렵다. 한 번의 산행이 인생의 여정이라는 만족감을 얻곤 한다.

한 가지 예로 설악산 백담사에서 시작하여 영시암→봉정암→소청→중청→대청봉(정상)→희운각→공룡능선→마등령→비선대→설악공원의 코스를 당일치기로 산행한 적도 몇 번이나 된다. 국내의 산악

요리 팀 이동

코스 중에서는 제법 난이도가 높은 코스인데, 힘든 코스를 완주하고 나면 더욱 큰 만족감과 더불어 세상을 보는 눈 조금은 더 지혜로워 지는 듯하다. 이렇듯 힘든 산행일지라도 눈이 오나 비가 오나 바람이 불거나, 그리고 춥거나 덥거나 따지지 않고 산행에 나선다.

2016년 10월 8일부터 12일의 일정으로 히말라야의 안나푸르나를

안나푸르나 출입문 앞에서

찾았다. 네팔 카트만두→포카라 공항→나야풀→힐레(산행 출발지)를 시작으로 고레파니 타다파니 촘롱 시누와 MBC(마차프차레 베이스캠프)를 거쳐 목적지인 ABC(4,130m, 안나푸르나 베이스캠프)까지 걷는 거리로만 편도 52km정도 된다.

며칠에 걸쳐 고소 적응을 해가며 걸어야 하는 길이지만, 그간 산행을 위해 꼼꼼하게 준비를 했기에 전혀 걱정을 하지는 않았다.

한 달 전쯤부터 과천정부청사에서 시작하여 관악산 정상을 거쳐 서울대 경영대에 아침 출석을 하고, 수업이 끝나면 다시 역(逆)으로 과천까지 넘어오기를 반복했다. 정확한 거리는 모르지만 편도 1시간 40분 정도 소요되었다.

'산이 좋은 사람들'이라는 여행사를 통해 안나푸르나로 갔는데, 여기저기서 모인 일행이 열여섯 분이었다. 네팔 가이드 5명, 포터 9명, 쿡 팀 약 10명 정도까지 모두 40여 명이 움직이는 산행 팀이었다.

네팔은 열대 우림지역이다. 산 아래는 덥고 습하고 땀도 많이 나는 곳이다. 숲길을 걷다보면 나무에 자그마한 거머리가 많이 붙어 있는 걸 볼 수 있는데, 걷다가 나무에 충격을 주면 그 진동으로 자유 낙하하는 거머리 샤워를 하게 된다.

일행 중 한 젊은 여성분이 한참을 지나온 후에 아랫배에서 거머리 한 마리를 발견했다. 아주 작은 거머리가 배에 붙어서는 사람 손가락만 하게 피를 빨아먹고 있었는데, 그 여성분은 무서워서 떼어내지도 못한 채 거의 졸도 직전 상태였다. 옆에 동행하던 다른 여성분이 나뭇가지로 떼어내는 잊지 못할 일도 있었다.

안나푸르나 베이스캠프(ABC)를 가기 위해서는 롯지에서 엿새 밤을 자게 된다. 여행사 가이드와 네팔 현지 가이드가 귀에 못이 박히도록 얘기하는 "롯지에서 숙식할 때의 주의사항'은 잔소리로만 들을 수가 없다. 샤워 금지, 머리 감는 것도 금지, 술·담배 금지, 심지어 수염도 못 깎게 한다.

이유는 고소적응을 위해서란다. 롯지마다 따뜻한 물은 없고 빙하 녹은 계곡물, 즉 물이 완전 찬물이다 보니 고산에서 찬물로 머리를 감아봤자 좋을 건 없겠다는 생각이 들기는 했다.

여러 날을 보내면서 직업의식이 발동하여 롯지마다 물맛을 평가해 보았다. 석회석이 많이 나오는 지역이고, pH도 어림잡아 7.0~7.5정 도 나오는 것 같았다.

안나푸르나는 온 천지가 물이 흐르고, 계곡마다 많은 양의 뿌연 물 이 흐르는 지역이다. 10월이면 계절이 건기(乾期)라고 하는데도 여 기저기 계곡에서는 물이 흐르는데, 물이 부족한 롯지가 여럿 있다는 것이 문제였다.

롯지도 보통 물이 있는 곳에 만들기 마련일 테고, 터 잡기 나름으 로 조금만 공사를 하고 태양광이라도 설치하면 많은 트래커들에게 따뜻한 물을 제공할 수 있을 텐데 조금 아쉽기는 했다.

필자는 가이드의 주의사항인 샤워 금지와 음주 금지를 의도적으로 위반을 했다. 고소증을 느끼고 싶었기 때문이다.

어느 정도 자신도 있었다. 하루 종일 땀을 흘리다 보니 옷과 온몸 이 찌들어 있어 도저히 잠을 잘 수도 없었고, 롯지마다 40도짜리 네 팔 소주를 판매하고 있었다. 타지에서 잠을 잘 못 자는 습관이 있는 데다 아예 처음부터 고소증을 경험해보자고 작정했기에 주의사항을 일삼아 위반했던 셈이다.

3천 미터 이상의 높이로 오르면서 일행 중 몇몇 분들이 고소증을 호소했고, 몇몇 분들은 비아그라를 섭취하기도 했다. 일삼아 주의사

마차푸차래 베이스캠프에서

항을 위반했던 필자는 고소증을 느끼지 못했다.

등정 마지막 날 MBC(마차프차레 베이스캠프 3,700m)에서 ABC(안나푸르나 베이스캠프 4,130m)까지 거리상으론 2.6km정도 된다. 가이드가 거듭 주의사항을 이야기한다.

2~3시간 걸리더라도 최대한 천천히 오르라고 한다. 실제 일행들은 그 정도의 시간이 소요된 거 같다.

필자는 반대로 고소증을 느끼고 싶어 약 40분 만에 오른 것 같다. 먼저 올라가 박영석 산악대장 추모비에서 사진 한 장 찍은 다음 안나푸르나 정상을 느긋하게 감상하고 있었는데, 한참 지난 후에야

안나푸르나 베이스캠프에서

일행이 올라왔다.

　날씨가 몹시 추운데도 쿡 팀들이 먹는 물을 가지러 간다. ABC에서 조금만 오르면 샘물 같은 곳이 있고, 거기서 물을 길어 오기에 또 다시 물맛을 보았다.

　석회석 성분은 좀 있는 것 같고, 물맛은 아주 좋았다.

　일행이 함께 저녁식사를 했다. 전기가 없기 때문에 저녁 식사 후에 어두워지면 할 일이 없다. 휴대전화 안 되는 것은 당연지사이고, 많은 분들이 여기저기서 고소증으로 아우성이다. 그런 현장에 필자가 있었다는 사실이 정말 좋았다.

　필자는 고소증도 없어서 또 가이드하고 네팔 소주를 몇 병 마셨다.

술이 잘 취하지는 않았는데, 잠을 자려고 누우니 짜잔~ 고소증이 느껴진다. 새로운 경험이다. 누워서 잠을 자려고 하면 자연스럽게 호흡이 멈추어진다. 벌떡 일어나 강제로 한참 동안 호흡을 한다. 곧 없어질 듯싶으면서도 계속 호흡에 장애가 있다.

적응하려고 바깥에 나가보니 날씨가 추운데도 여러 사람이 왔다 갔다 하며 고소증에 적응하려 하는 중이었고, 심한 분은 구토 증세를 보이기도 한다.

필자는 사전에 인터넷을 검색하여 핫팩 몇 개를 가져갔다. 누워 있으면 저절로 호흡이 멈추기에 몸이 따뜻해지면 좋을 것 같아 등에다 핫팩 4개를 붙이고 침낭에 들어가니 땀이 나고 호흡이 자유로워졌다. 그 순간 고소증은 사라진 느낌이 들고 긴 밤을 편하게 잤다. 안나푸르나 등 고산을 산행할 때는 고소증에 대비하여 핫팩을 몇 개 준비하면 고소증 해결의 좋은 방안일 수도 있을 듯하다.

설산(雪山)인 히말라야는 물이 풍부하다. 물이 좋은 계곡 중간 중간에 작은 수력 발전소를 지을 만한 곳도 여러 군데 보았다. 풍부한 수자원과 에너지의 이용 가치도 없이 큰 물줄기 따라 흘러가는 물을 보며 아깝다는 생각도 들었다.

코로나 때문에 가지 못했던 EBC(에베레스트 베이스캠프), 쿰부 히말라야 3대 패스(콩마라, 촐라, 렌조라)와 3리(봉) 추쿵리, 칼라파트라, 교쿄리는 꼭 한 번 가봐야 한다는 버킷리스트로 남아 있다.

# 당진산업용수센터의 인큐베이터

　당진산업용수센터는 2012년부터 2015년까지 센터장으로 근무했던 곳인데, 직장생활하며 '우리'의 의미가 무엇인지 깨닫게 해준 뜻깊은 곳이다.

　당진센터에서는 현대제철 내에서 사용하는 순수, 즉 RO(역삼투)막을 이용하여 깨끗한 물을 생산한다. 이곳에서는 수돗물보다도 몇 십 배 깨끗한 물이 생산되는데, 센터장 부임 당시만 해도 생산하는 물이 깨끗한 데 비해 근무여건은 정반대였다.

　센터장으로 부임하여 첫 출근하던 날, 현장을 둘러보고 직원들과 인사를 하면서 필자는 가슴이 찡했다. 근무여건이 너무나 열악했기 때문이다. 분진과 난청으로 산업재해 환자가 나올 정도였다.

　특히 소독제 CMIT는 가습기 살균제로 떠들썩하게 했던 화학약품인데, 당진센터에서는 가습기에 사용하는 것보다 농도가 매우 강한 약품이라 폐에 천공이 생기기도 한다. 실제로 직원 한 분이 폐에 몇 군데 천공이 발생되기도 했다. 긴급하게 사업을 추진하느라 직원 25명 중 일반직은 7명이고, 나머지는 사업 시작과 함께 계

110

약직과 운영직을 채용하여 운영하는 사업장이었다.

　필자는 당진센터 3년차 되는 해에 부임했는데, 전임 센터장, 본사 주관부서, 사업개발자 등이 모두 쌍소리까지 해가며 원망을 해댔다. 어렵고 힘든 사업장이라고 다른 사무소로 도망가기 바빴고, 어려운 현장임에도 누구 하나 나서서 해결할 의지는 없었다. 패잔병처럼 기가 죽어 있는 직원들은 의욕도 없었고, 공기업의 자부심으로 일하는 수자원공사 직원 같지가 않았다.

　이 사업을 발굴한 몇몇 사람은 실적이랍시고 승진도 하곤 했건만, 현장에서 근무하는 사람들의 형편은 그게 아니었다.


　당진센터 RO막 사업장은 수자원공사 최초의 사업장이었다. 설비가 복잡한 데다 일반 정수장 시설과는 차원이 다르다. 그런데 부임하는 첫날부터 현대제철에서 사용하는 물을 공급하기에는 생산량이 빠듯했다.

　당진센터의 물 생산량이 부족하면 철강생산에도 차질이 발생되게 마련이다. 당장은 근무여건 개선보다 물 생산량을 맞추는 게 시급했다. 나름대로 물 관련 설비에 대한 이해력이 빨랐던 필자는 일주일 만에 설비를 전부 파악했고, 문제점까지 디테일하게 점검할 수 있었다. 하나둘 설비를 개선하고 보완하면서 겨우겨우 물 생산량을 맞추며 운영해 나갔고, 약 3개월 정도 지났을 땐 여유 있게 생산량을 맞출 수 있었다.

　무엇보다 지시를 따라준 직원들이 고마웠다. 생산량을 맞추어 났

당진산업용수센터

으니 이제부터는 사업장 환경과 근무 여건을 개선하기로 했다. 직원들의 애로사항과 건의사항을 무기명으로 받았다. 28건이 들어왔다. 28건 중 20건 이상은 전임자가 조금만 신경을 썼더라면 쉽게 해결할 수 있는 일이었다.

28건의 애로사항과 건의사항은 짧은 기간에 모두 해결을 했다. 특히 24시간 교대근무를 하는 제어실의 소음이 85dB 이상이라 제어실 이전부터 중점을 두기로 했다. 당진센터의 사무실과 모든 시설물은 현대제철 소유였다. 제어실 이전 계획서를 작성하고 현대제철과 실무자 간에 30차례 이상 협의를 했다. 감시제어설비 이전과 인테리어 비용 등에 소요되는 예산은 우리가 부담하겠다고 협조 요청을 해도 현대제철은 제철소 내에 여기보다 더 열악한 현장도 있다며 승인을 하려고 하지 않았다.

마지막으로 내가 나섰다. 협상의 방법은 간단했다.

근로여건이 열악하여 산업안전법상 위배가 되어 노동부 질의서를 받았다는 사실을 제시하고, 그래도 승인을 안 해준다면 계약해지를 하겠다는 비장의 카드를 가지고 협상에 임했다. 수차례 협의에도 현대제철은 승인을 보류하고 미적거리기만 했다. 마지막 방법으로 산업안전관리공단과 현대제철 임원을 찾아가기로 했다.

현대제철의 기업문화는 군대보다도 강한 수직적 조직이고, 매우 경직된 조직이라는 느낌이 들었다. 현장 업무에 대해 임원진에게 민원을 제기한다는 것이 담당자에게는 치명적일 수 있었다. 노동법과 계약해지를 명분으로 강하게 밀고 나가니 결국은 현대제철에서 동의를 해주었다.

24시간 교대근무를 하는 제어실은 소음이 없는 곳으로 이전 작업을 완료하였고, 직원들이 만족해하는 것을 보면서 필자도 만족감과 보람을 느낄 수 있었다. 현대제철로서는 쉬운 결정이 아니었을 텐데, 어렵사리 동의해준 신형섭 실장님, 오학수 부장님분들께 감사를 드린다. 준공식에는 현대제철 임원진도 초대하여 조촐한 행사를 하면서 모두가 만족하게 여기는 모습을 보면서 옳은 결정이 만족한 결과를 낳는다는 사실을 깨달을 수 있었다.

설악산 중청 대피소

　시설 개선에 이어 이제는 조직 분위기 개선에 나서기로 했다. 직원들은 대체로 젊은 층이라 한 번 소통이 이뤄지면 호흡을 맞추기는 쉬웠다. 다행히 필자가 운동과 자연을 좋아하고 사람들과 어울리는 것을 마다하지 않는 성격이라 사기진작을 위해 직원들과 자주 치맥으로 소통을 했고, 산행과 낚시, 운동 등으로 교감하거나 서로를 껴안는 마음으로 직원들의 미세한 부분까지 관심을 가지고 살펴 나갔다.

　특별히 의도한 것은 아니었지만, 필자의 성격상 부하 직원들과 소통할 때는 개인의 사소한 부분까지 세심하게 이야기를 나누고 상대방을 인정하면서 배려하는 편이다. 그런 리더십으로 어느 정도 신뢰가 쌓이자 좀 더 찐한 교감을 위해 1천 미터 이상의 국내 명산 산행과 1박2일 MT, 주중 1회 이상의 치맥 행사 등이 자연스럽게 이루어졌다.

1천 미터 이상 높은 산에 처음 갈 때는 많은 직원들이 겁을 냈는데, 한 번 다녀오면 감동의 스토리가 생겨나 며칠 동안 재미있게 이야기를 나누게 되니 두 번째, 세 번째 갈 때는 참여도가 자발적으로 증가했고, 몇 번 진행한 다음에는 선착순으로 마감을 하곤 했다.

한라산, 설악산, 지리산, 덕유산, 속리산, 월악산 같은 명산은 2~3회씩 다녀왔다. 또한 선유도 1박2일 낚시와 월 1회 MT 등의 계획을 공지하면 선착순으로 마감해야 했고, 이렇게 1년이 지나자 조직문화는 완전히 바뀌었다.

2013년 12월 설악산에 갔을 때 쓴 글인데, '나를 찾아 떠난 길, 우리를 찾다'라는 말을 사진에 새길 정도로 당시에는 나름 의미 있는 산행이었고, 일종의 기도문 같은 내용이었다.

당진센터 식구들이여
모진 눈보라와 비바람이 불어도
언제나 변함없이 그 자리를 지키는
공룡능선, 장군봉, 비선대처럼
당신의 순수함과 멋, 변함없기를 바라며

가슴속에 고이 간직하겠습니다
살아가며 세상이 춥고 힘들 때
사~알짝 꺼내어
미소 띠시기 바랍니다

　필자는 직원숙소인 서해대교 옆 송악 이주단지에 살면서 MTB
로 출퇴근하였다. 왕복 32km 거리인데, 일주일에 한두 번 정도는
퇴근할 때 허벅지 코스, 울트라 코스, 초(超)울트라 코스 등 길게는
약 50~70km 라이딩을 하곤 했다.
　10여명 직원들과 함께 라이트를 켜고 야간 라이딩을 할 때는 매
번 흥분되고 감동적이었다. 필자는 당진센터에서 3년 근무하는 동
안 약 21,000km 라이딩을 했다.
　센터장으로 부임했을 때는 비록 근무조건이 열악한 사업장이었
지만, 나름대로 환경을 개선하고 직원들과도 진심으로 소통했던
당진센터에서 근무했던 3년은 수자원공사에서의 34년뿐만 아니라
내 인생에 있어서도 참으로 재미있고 보람된 기간이었다. 사무실
에 출근하는 것이 설레고 출근이 즐거워서 기다려진다고 했던 직
원들의 말이 아직도 귀에 생생하다.
　실제로 당진센터의 단수작업 등 큰일이 있으면 교대근무자가 퇴
근을 하지 않을 뿐만 아니라 근무가 아닌 비번 직원들까지 하루고
이틀이고 사무실에 모두 나와서 일을 보며 대기하다가 작업이 끝
나면 같이 퇴근을 하게 마련인데, 그때마다 내 주머니만 속절없이

선유도 선상낚시

비어가곤 했다.

3년 동안 근무하면서 산행이나 MT는 평균하여 월 2회 이상은 했던 것 같다. 참고로 비용은 고참들이 조금 더 냈지만, N분의 1이 원칙이었다. 어쨌거나 '비용은 저렴하게, 마음은 풍부하게, 감동은 충만하게!'가 모두 공감하는 부분이었던 것 같다. 2014년 동짓달에 쓴 〈당진 인연〉이란 짧은 글을 소개해 본다.

어려운 환경 속 처음 만나
삶을 향해 함께 걸어가면서
하나의 마음으로 변함없을 때

덕유산 상고대 산행

우리의 사랑과 우정은 싹트게 됩니다.
믿음과 믿음의 탑을 쌓아 올려
단단한 바위처럼
변치 않는 견고한 인연으로
오래도록 지켜가 봅시다.

둥근 하늘 아래 다른 곳에 있어도
당진을 잊지 말아요.
당신이 있어 행복했습니다.

오서산 설산 산행

　당진센터에 3년간 근무하면서 보람이 있었던 일로 설비를 개선
하여 물 생산량을 맞추고 제어실이나 사무실을 이전한 일도 꼽을
수 있겠지만, 뭐니 뭐니 해도 면학 분위기를 조성하여 고졸 신입사
원들의 인큐베이터 역할을 했던 일이 아닐까 싶다.
　근무 여건이 어렵다 보니 기존 직원들은 전입하지 않았고, 정부
정책에 따른 고졸직원 채용 방침으로 1년에 4명씩 12명의 고졸 신
입사원이 전입해 왔다. 대개 입사 후 1년 근무하다가 군에 입대하
였고 제대 후에 다시 원복을 했다.
　필자가 근무하는 동안 전입해온 12명 중 1명은 타사로 전직했고,
나머지 11명 모두 대학에 진학하도록 이끌었다.

필자가 당진센터를 떠난 다음에도 몇 명이 대학에 들어갔는데, 계속 연락하면서 격려하고 설득하여 대학에 다니도록 했다. 수자원공사에 입사하는 고졸 신입사원들의 내신은 한결같이 1등급으로 우수하기 때문에 마냥 쳇바퀴처럼 돌아가는 일상에 파묻혀 꿈을 잃어버리지 않도록 해야겠다고 생각했기 때문이다.

그렇게 한 데는 기능직으로 멋모르고 입사하여 제때에 사내 임용시험에 합격하지 못했다면 자칫 타성에 젖어 물에 물 탄 듯 살았을지도 모르는 필자의 아찔한 경험도 어느 정도 작용했을 터이다.

사원들을 대학에 보내기 위해서는 부모님과의 상담이 필요했다. 직접 모셔서 저녁을 사드리면서 상담한 경우도 있고 전화 통화로 상담한 경우도 있다. 경제적인 사정과 어려운 집안 환경으로 대학보다 기술을 배워서 일찍 취직해야 한다는 등 제각각 사연이 있었다.

수자원공사 다니면서 월급을 받으니까 학비는 자신이 납부할 수 있고, 대학에 진학해야 더 큰 일을 할 수 있다고 간곡하게 설명하면 부모님들은 거의가 동의해주셨다. 그렇게 해서 12명 중 퇴사한 1명을 빼고 11명이 대학에 진학했다.

정부 정책에 따른 고졸 채용이지만 내신 1등급의 똑똑하고 훌륭한 인재가 고졸 운영 직에 머무르며 보통의 직장인으로 만족하며 살아간다는 사실이 안타깝고 국가적으로도 손해라는 생각마저 들었다.

지금은 모두 대학을 졸업하고 기사 1급 자격증을 취득하거나 영어 토익 점수를 기준치 이상 취득하고 일반직 내부 임용시험을 준비하고 있다. 당진센터에서의 인연으로 젊은 친구들에게 배움의 계기를 마련해주고 세월이 흘러 제대로 자리를 잡아가는 모습을 보니 흐뭇하기 그지없다. 필자가 코칭을 하여 고졸 신입사원들이 진학한 대학은 공주대, 순천향대, 한양대, 서울과기대, 한밭대 등으로 이미 졸업은 했다.

이런 식으로 일하며 배워야 한다는 분위기가 조성되자 기존의 고참 직원들 중에서도 강은희 과장이 고려대 환경대학원, 안광택 과장이 경희대 환경대학원, 한승일 과장이 성균관대 수자원대학원에 진학하여 졸업하였다. 직원들이 학교에 너무 많이 다니는 것 아니냐는 주변의 우려도 있었지만, 책임자인 필자가 보기에 업무에는 전혀 지장이 없었다.

현장에서는 수시로 크고 작은 사고가 발생하지만, 이때는 내 업무가 아니더라도 교대근무를 하는 직원들까지 자발적으로 현장에 출근하여 문제없이 사고를 처리하곤 했다. 물론 저녁의 치맥 파티로 내 지갑이 얇아지기는 했지만….

배움과 업무를 병행하는 가운데서도 각종 MT나 산행 행사 등에 자발적으로 참여하고, 현장의 사고처리 때는 항상 즐겁게 서로 도와주다 보니 사무실에 무슨 이벤트가 있을까 하여 출근이 기다려진다는 말도 종종 하였다.

이런 분위기 속에서 안광택 과장이 공사 최초로 운영 직의 3급 차장으로 진급하였고, 그 뒤로 김원철 차장, 허승훈 차장이 진급하여 3년 연속으로 당진센터 직원들만 진급하는 이변을 연출했다.

물론 필자가 당진센터를 떠나 다른 사무소 지사장으로 근무할 때 일어난 경사였다.

필자가 주례를 섰던 이야기도 빠뜨릴 수 없겠다.

준비가 안 되어 있었던 것은 말할 것도 없거니와 한 가정의 장래에 훈수를 두기에는 너무나 부족한 필자가 주례를 선다는 일찍이 상상조차 하지 못하던 일이었다.

운동 좋아하고 예의 바르고 의리가 있고 술까지 잘 마시는 김대섭이 장가갈 때 주례를 섰고, 남을 즐겁게 하고 위아래 동료 간에 소화제 역할을 하던 총명한 돼지 이종원 사원의 결혼식에서도 주례를 맡아 결혼식을 진행했다.

지금 생각해 봐도 주례사의 내용이 중요한 게 아니라 필자가 주례를 섰다는 사실 자체가 중요하다는 생각이 든다. 내용이야 둘이 행복하게 잘 살면 그것이 부모에게 효도하는 것이고, 결혼이란 상대에게 무엇을 얻으려 하면 안 된다, 사랑이란 내가 받는 게 아니라 상대에게 아낌없이 모든 걸 줄 수 있어야 하는 것이다 하는 식으로 '5분 이내 마무리'라는 주례사 법칙은 지켰던 것 같다.

어쨌거나 필자가 주례를 섰다고 생각하면 부끄러워서 지금도 얼굴이 화끈 달아오른다.

당진센터에 근무할 때는 귀소본능이 있는 연어가 모천(母川)으로 회귀하듯이 다른 사무소로 전출되어 갔던 직원들이 돌아오거나 군에서 제대한 직원들이 돌아오는 것을 볼 때마다 짠한 느낌이 들기도 했다.

당진센터를 떠난 이후 지금까지도 어려운 현장에서 3년 동안 부대

끼면서 지냈던 젊은 직원들로부터 종종 연락이 온다. 얼마 전에는 어떤 친구가 술이 거나하여 전화를 걸었는데, 울먹이는 목소리였다.

"지사장님, 그때 그 시절 너무 그립습니다. …그러나 이제는 뿔뿔이 떠났습니다."

주절주절 울먹이는 말에 딱히 뭐라고 대답해줄 수는 없었다. 회자정리(會者定離)라는 말이 있듯이 젊은 친구들이 어디서 어떻게 살아가든 올바른 마음가짐으로 열정을 다하기만을 바랄 따름이다.

당진센터에서의 이런 사실들이 회사 내에 소문이 나기 시작할 무렵, 필자도 부장으로 진급한 지 4년 만에 처장으로 승진하게 되어 수자원공사에서의 귀한 터닝 포인트가 되었다.

당진센터는 물과 함께 34년을 보낸 수자원공사에서 내 인생에 큰 획을 그었던 시기인데, 무엇보다 '우리'라는 울타리로 만났던 사람들이 있었기 때문이다.

# 해외에서도 물만 보면

## 로마, 파리, 뮌헨, 융프라우

수자원공사라는 물 기업에서 근무하는 사람이다 보니 어딜 가나 물에 대해 관심을 기울이는 게 습관처럼 되었다. 그런 버릇은 해외에서도 마찬가지였다.

1998년 10월에 이태리 로마. 프랑스 파리, 독일 뮌헨. 스위스 융프라우를 다녀왔는데, 해외 견문을 넓힌다는 명분과 함께 선진 수(水)처리시설 견학이 목적이었고, 7명이 9일간 일삼아 다녀온 배낭여행이었다.

첫 번째로 이태리의 베네치아를 거쳐 로마로 갔다. 고대 로마시대에 토목기술자들은 벽돌로 지하 하수도를 만들어 오물을 멀리 하류로 흘려보내도록 하였다. 하수도를 만드는 이유는 악취와 함께 전염병의 위험도 줄이기 위해서였다. 서기 100년경 하수도 기반시설이 완공됐고, 이것은 로마가 인구 100만이 넘는 대도시로 성장하는 데 크게 기여했다고 한다. 해외에 다니면서 하수도를 구경하는 것도 색다른 경험이었다.

베네치아는 수백 개의 섬과 다리로 구성된 도시였는데, 그 바닷물에 오염을 예방하는 특이한 균이 살아서 악취나 오염이 없다고 했던 기억이 난다.


융프라우가 있는 스위스는 나에게 꿈같은 나라였다.

깨끗한 공기, 웅장한 산, 목가적인 농가, 맛있는 치즈, 정리정돈이 잘 되어 있는 도시… 지금 생각해도 죽기 전엔 꼭 한 번 더 가보고 싶은 나라다.

인터라겐에서 하루를 잔 다음 궤도열차를 타고 얼음동굴을 거쳐 융프라우 산장까지 가는 코스였는데, 아무 곳에나 대고 사진을 찍어도 칼렌더가 될 만한 풍경이었다. 산장에 도착하여 깜짝 놀란 것은 산장지기가 아코디언을 연주하는데, 세상에 이런 풍경과 아름다운 소리가 있나 싶어 충격을 받았다.

그 소리가 너무 인상에 남고 좋아서 필자도 4년 전에 독일제 밸트마이스터 아코디언을 구입해 연습 중이자만 융프라우 산장지기와 비길 바는 아니다. 융프라우에서 먹었던 컵라면이 세상 즐거움 중의 하나였다는 생각도 든다.

오며가며 계곡의 물을 보니 모두가 뿌연 색깔이다. 석회석이 많이 함유된 물이라 그럴 텐데, 정수처리 과정에서도 용존성 석회석은 제거하기가 쉽지는 않아 정밀한 필터를 사용해야 할 것 같았다.

프랑스 파리는 세느강의 도시다. 세느강 주변의 도로 미세먼지 방지를 위해 도로 중앙에 하수를 처리하여 나오는 재(再)이용수를 활용하여 자동으로 물이 분사되도록 한 것이 기억에 남는다.

독일의 뮌헨 기계박물관에서 탄광 기계들 봤는데, 우리나라가 외화를 벌기 위해 간호사와 광부들을 독일로 파견했던 옛날의 역사가 떠올랐다.

### 일본의 하수처리장 필터프레스 가동 현장

2001년 일본을 방문했다. 정수장과 하수처리장에서 슬러지를 탈수하는 필터프레스 제작사인 일본의 이시가끼(주)의 공장 검사 납품사인 유니온(주)에서 검사 완료 후 동경의 하수처리장에 설치된 필터프레스 가동 현황을 보기 위한 현장 견학이었다.

1960년대에 설치한 필터프레스 탈수기들이 40여 년이 지났는데도 성능에 문제없이 운영되는 것을 보고 수자원공사에도 적극 도입해야겠다는 마음을 먹었다. 디테일하게 기술 검토를 하여 도입을 제안했고, 국내에 필터프레스가 정상적으로 확대될 수 있는 계기가 되었다.

### 데칸터 공장 검수를 위해 미국 방문

2002년 12월 미국을 방문했다. 전북 진안과 장계의 하수처리장에 설치되는 고도처리 설비로 깨끗한 물을 자동으로 배수하는 데 칸터 공장 검수를 위해서였다. 미국 무역센터에 대한 9.11 테러 이후라 공항에서의 검문검색 강화로 속옷만 입고 검문을 당한 사실이 기억에 남는다.

## 스크류프레스 평가 위해 일본 방문

2005년 9월, 다시 일본을 방문했다. 2001년에 출장을 갔던 곳으로 똑같은 회사 방문이었다. 국내 업체에서 이시가끼(주)의 제품을 수입하려고 하는데, 기술성과 제품의 우수성을 평가해 달라고 부탁하여 개인 휴가를 내고 다녀왔다. 제품은 스크류프레스로 일본에서도 새로운 아이템으로 각광을 받는 아이템이었다.

그러나 국내에 수입하여 몇 군데 적용하였는데 일본의 완제품은 성능이 우수하게 나왔는데 국내 몇 군데 업체에서 모방 제조를 하여 납품한 결과 성능이 한참 부족하여 신뢰를 잃게 되어 지금은 거의 중단된 제품이 되었다.

## 인도네시아와 싱가포르

2007년 10월 인도네시아와 싱가포르를 방문했다. 아주대학교 경영대학원 현장 경영 탐방 건으로 인도네시아의 삼성전자와 삼익악기를 현장 탐방하였고, 인도네시아 국립대학교 경영대학원에서

강의를 듣는 여행이었다.

싱가포르로 이동한 후에는 싱가포르 수자원공사(Public Utilities Board, PUB)를 방문하였는데 싱가포르는 물이 매우 부족한 나라였다. 말레이시아로부터 지표수를 수입하여 먹는 물을 생산하고, 하수처리 재이용은 물론 해수담수화 시설과 빗물 재이용시설이 매우 발달하였으며, 물이 부족한 나라다 보니 우리나라보다 물 처리 기술이 발전되어 있었다.

### 정수장 오존주입설비 점검 위해 독일, 핀란드 출장

2010년 10월 독일과 핀란드로 출장을 갔다. 성남정수장에 설치되는 오존주입설비를 독일 WEDECO사에서 도입하기로 했는데, 공장검사와 성능 테스트를 위해 프랑크푸르트를 방문하여 시험을 진행하였고, 이후 동일한 설비가 설치된 핀란드로 이동하여 정수장에서 운영되고 있는 오존주입설비를 점검하였다.

### 국토부 관계자와 아부다비 해수담수화 플랜트 현장 출장

2016년 UAE 아부다비(Abu Dhabi)를 다녀왔다.

'아부다비 담수저장 및 이송설비 프로젝트'는 ㈜포스코건설이 2010년 아부다비 현지 업체와의 컨소시엄으로 조인트벤처(JV)를 만들어 수주했다.

사우디 마라픽(Marafiq)이 발주한 이 사업은 아부다비 미르파 (Mirfa) 지역에서 담수화한 물을 160㎞ 떨어진 리와(Liwa)까지 이송하고 리와 인근 대수층에 보관했다가 비상시 공급 가능한 설비를 구축하는 사업으로 다른 나라에서는 감히 엄두도 내기 어려운 사업이었다.

해수담수화는 생산 단가가 톤당 3천 원 이상 발생되고 이 비싼 물을 사막의 오아시스(대수층)에 저장했다가 비상시 식수용으로 사용하는 사업이다.

이런 곳을 국토부 관계자와 함께 출장을 다녀왔다.

## 일본 상하수도 국제전시회

2017년 8월 일본에서 열린 상하수도 설비 국제전시회에 참석하기 위해 일본을 방문했다. 상하수도 설비 신규 아이템 발굴과 국내에 적용할 신규 제품을 조사하기 위해 개인 휴가를 내고 자비로 3박4일간 출장을 다녀왔다.

성과라고 하면 하천 녹조 발생을 줄일 수 있는, 마이크로버블을 활용한 시스템 기술을 터득하고 왔다는 것이다. 이 기술을 국내에 적용하여 현재 말도 많고 탈도 많은 4대강 하천의 녹조 발생을 완화하기 위한 방안을 준비 중이다.

## 캐나다, 미국, 호주, 뉴질랜드

서울대 경영대학원 현장 교육 연수차 캐나다와 미국은 2017년 6월, 호주와 뉴질랜드는 2017년 9월에 다녀왔다. 캐나다에서는 밴쿠버, 록키산, 밴프국립공원, 미국에서는 라스베가스, 그랜드캐년, 호주에서는 골드코스트, 뉴질랜드에서는 남섬 밀포드사운드, 최초의 번지점프장을 다녀왔다.

# 기술지원과 특허출원

한국수자원공사에서 34년 근무하는 동안 필자는 특히 기술에 관한 한 책임감 있게 일해 왔다고 자부한다.

수자원공사 자체의 기술수준은 말할 것도 없고, 공사와 협력하는 기업체의 기술수준 역시 물의 품질을 가늠하는 척도가 되기 때문에 점검을 게을리 하지 않았고, 협력업체의 연구개발을 지원하는 일에도 앞장섰다.

기술에 관련된 몇 가지 사항의 예를 들어 보기로 한다.

## 대형펌프 분리형 스터핑 박스

대형펌프의 경우 펌프 축이 통과하는 곳에서 누수가 되는 것을 방지하기 위해 그랜드 패킹을 삽입한 다음 패킹 누르개로 패킹이 이탈하는 것을 방지하는 구조다. 그러나 패킹의 마모되거나 장착이 잘못되었을 때는 누수가 발생한다. 이때 패킹을 교체하기 위해서는 대형펌프의 경우 상부 케이싱을 분해해야 하는데, 팔당취수장의 펌프는 상부 케이싱의 무게만 10톤이 넘는다.

1990년 무렵에는 패킹을 교체하기 위해 케이싱을 분해하고 조립하는 비용만 해도 약 1,5000만 원 정도 소요가 되었다. 그래서 스터핑 박스를 분리형으로 제작하면 박스 부분만 분해하여 패킹을 교체할 수 있다는 데 착안하여 분리형 구조로 특허를 출원하였다. 이렇게 하면 패킹 교체 비용은 50만 원 정도로 크게 절감되고, 또한 상부 케이싱을 분해하여 조립하지 않아도 되기 때문에 중량물 안전사고 예방과 펌프의 내구성 향상에도 기여하였다.

버터플라이 밸브 기어박스 스플라인 적용

수도 시설 중 관로와 펌프장 구내에서 사용되는 각종 전동밸브의 감속기 부분은 밸브의 생명을 좌우할 만큼 중요한 구성부품이다.

사용되는 밸브의 중요도에 비추어 볼 때, 감속기를 제작하기 위한 설계 기준과 제작 수준 등이 회사마다 차이가 나고, 불량요소를 내포한 상태로 제작되고 있는 실정이었다. 이를 개선하여 전동밸브의 불량요소와 고장요인을 사전에 방지하고 감속기의 제작을 표준화하거나 단순화하여 유지관리의 편리성과 시설물 운영의 안전성을 꾀하게 되었다.

밸브류의 주요 고장 원인은 ①차수 불량 ②감속기 고장 ③몸체 균열 ④시공 불량 등 여러 경우가 있다. 이 가운데서도 ②감속기 고장 사항에 대해서는 제작 또는 검수를 할 때 철저히 점검을 하더라도 조립되는 구성요소에 근본적인 문제점이 있으므로 빈번하게 사용되는 전동밸브는 수명이 현저하게 줄어든다.

수명이 줄어드는 원인은 디스크 축이 동작 중 좌우로 (0~6)mm의 thrust가 발생함으로써 worm wheel과 worm shaft의 PCD 변화로 치면(齒面)이 손상된다. 이를 흡수할 수 있는 축에 스플라인을 적용하여 밸브 감속기의 기어 치면 손상을 예방할 수 있도록 특허를 출원하도록 하였고, 현재 국내에서 제작되는 모든 버터플

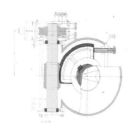

라이 밸브 감속기에는 이 특허 기술을 적용하는 기준이 되었다.

## 부등폭 패들형 응집기

상수도 설비에서 정수장의 각종 응집기에 관한 것으로 종래의 응집기를 보완하기 위한 기술이다. 아이디어는 바로 부등폭 패들 응집기에 관한 것이다.

등폭 패들 응집기는 회전축 기준으로 회전할 때 주변속도에 비례하는 교반강도 크기가 회전반경에 따라 다름에도 등폭 패들로 설치되어 있기 때문에 회전축 중앙 교반강도('G' Value) dead zone이 발생하여 응집효과가 저하되었다.

그래서 부등폭 패들로 축 가까이에 보다 넓은 블레이드를 설치함으로써 국부적인 G값을 크게 하여 응집할 때 dead zone이 감소하였고, 교반기의 회전반경이 큰 바깥쪽에서의 G값을 작게 하여 플록

기존 등폭 패들형 응집기

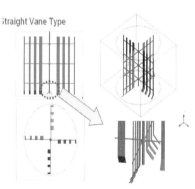

변경 부등폭 패들형 응집기

(floc)의 깨짐을 방지하면서, 대신 회전축 근방에서 발생하기 쉬운 dead zone의 크기를 억제하기 위한 기술이다. 또한 응집지에서 응집효과를 17% 향상하여 감속기의 전력 소모율도 감소시켰다.

현재 국내에서 적용되는 패들형 응집기는 주로 부등폭 패들형 응집기로 적용되고 있다.

### 원형 스파이럴 슬러지 수집기

원형 슬러지 수집기로 부하 발생을 없애고 슬러지 수집 효율을 높인 경우다. 국내 정수장과 하수처리장의 원형 또는 각형 농축조는 바닥경사 3도의 구배를 가지고 있고, 경사면과 슬러지 수집기를 이용하여 중앙 호퍼부로 슬러지를 끌어 모으는 설비다.

기존의 트러스 구조 슬러지 수집기는 슬러지 수집과 관련이 없는 구조보강용 앵글이 슬러지와의 마찰 손실로 부하가 증가되고, 슬

러지는 2~3m 적치 후 운영하므로 스크레파 회전 시 간극 사이로 슬러지가 밀려 다단으로 부착한 스크레파 전면적에 부하가 발생된다. 스크레파(rubber) 총합길이가 스파이럴 형식보다 길어 더 큰 토크(부하)가 발생된다.

그래서 사이클 로이드 곡선에 맞는 원형 스파이럴 형식의 스크레파를 제작함으로써 불필요한 부하발생도 없애고 슬러지 수집의 효율도 높였다.

또한 스파이럴 수집기는 중공(깡통) 구조로 제작되어 부력이 발생되기 때문에 수집기의 하중에 대한 동력 손실도 절감할 수 있다.

수집기의 구동 동력의 경우 기존 트러스 구조 대비 약 50%의 절감 효과가 있고, 슬러지 인발시 고농도의 슬러지를 인발할 수 있으므로 슬러지 이송펌프의 동력을 170%정도 절감할 수 있는 기술이다. 현재 국내 지방자치단체 등에서 주로 적용하여 사용하고 있다.

### 콘 구조의 원형 농축조

원형 농축조의 저부(低部)에는 3~7%의 슬러지가 농축되어 있어도 도너스형 호퍼 구조로 인해 슬러지 인발 시 편중 현상과 Rabbit hole 발생으로 인발 슬러지 농도가 1~2%에 불과하게 되고, 이런 현상은 탈수기와 배출수 설비의 비효율이라는 운영상의 문제로 이어진다.

그래서 농축된 슬러지 인발을 위해서는 호퍼 구조가 콘 구조로

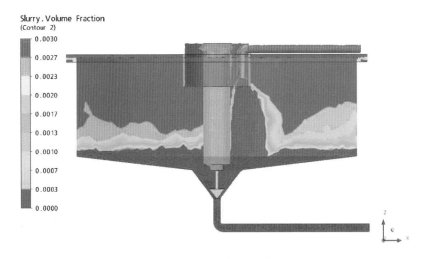

콘형 구조의 농축조 분석

되어야 Rabbit hole을 방지할 수 있고 고농도의 슬러지를 인발할 수 있다. 고농도로 슬러지를 인발할 때 슬러지 이송펌프의 동력비도 170% 절감할 수 있고 더불어 슬러지 탈수기의 탈수 효율을 증가시킬 수 있어 호퍼 구조는 콘형으로 변경하여 특허를 등록했다.

**파형관 구조의 집수관과 자가역세 시스템이 설치된 집수매거**

강변 여과 방식에서는 하천에 집수매거를 설치하여 1차 여과를 한 물을 취수하는 방식이다. 현재까지는 일반 흄관과 강관에 집수

홀을 뚫어 집수 홀로 유입되는 물을 취수하였다.

그러나 기존의 방법은 집수매거의 길이가 매우 길게 매설되어 왔고, 여과층이 파과(폐쇄)과 되었을 때는 여과 수량이 적어 취수에 어려움이 있었다. 그래서 집수면적이 증가되도록 파형관 구조의 집수관을 사용하는 경우로서 비교적 짧은 길이로 집수관을 취수지에 설치할 수 있는 파형관 구조의 집수관이 설치된 집수매거다.

복류수를 취수하기 위해 취수지의 바닥에 형성된 여과층의 하부에 매설되는 집수관은 파형관 구조로 형성되고, 복수개의 집수공이 구비된 것이다. 이 발명에 의하면, 취수용량에 따라 필요로 하는 집수관의 길이를 30~40% 정도로 줄여줄 수 있으므로, 집수관을 취수지에 매립하는 데 필요한 토목공사 구간을 줄여줄 수 있다.

또한 폐쇄된 여과층이 자동역세가 되도록 시스템을 구성하고, 집

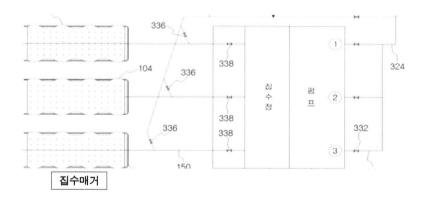

수정의 수위와 연동하여 자동 역세척 시스템을 구비함으로써 운영자가 안전하게 취수할 수 있도록 개발하였다.

## 냉장고용 살균 Kit 개발

각종 세균을 억제할 수 있는 냉장고의 최적 온도 설정은 5℃ 이하, 냉동실은 -18℃ 이하로 설정·관리되고 있을 때 냉장고가 합리적으로 운영되는 경우이다.

냉장고에는 야채와 과일뿐만 아니라 육류, 생선류, 각종 식품 재료와 완성된 음식물이 함께 보관된다.

그러나 음식물이 일정 기간 이상 냉장고에 방치되면 음식물의 부패가 시작되고, 음식 고유의 향이 사라진다.

미생물이 성장하고 사멸되면서 발생되는 각종 휘발성 유기화합물이 주원인으로서 그에 따른 악취가 발생하여 사용자에게 심한 불쾌감을 주게 마련이다.

또한 저온에서 살아가는 곰팡이, 세균, 바이러스 등이 번식하게 되어 위생에 좋지 않을 뿐 아니라, 사용자에게 위생상 불쾌감을 유발하는 문제가 발생한다.

이러한 악취의 순환을 방지하면서 각종 세균 등의 살균을 목적으로 냉장고용 살균 키트를 개발·제작하여 위생상의 안전을 기하고자 하였다.

또한 외부 전원 방식과 충전식의 Potable용으로 제작하여 사용하기 편리하도록 제작하고, 소비전력은 0.5~10W로 전력비는 월 500원 이하로 사용상의 경제성을 고려하였다.

● 냉장고에서 발생하는 각종 문제점

일반 가정의 냉장고 30개 야채 칸을 표본으로 조사한 결과, 평균 냉장고 세균이 7850cfu/$cm^2$였으며, 최대 12만 9,000cfu/$cm^2$까지 발견되기도 했다.

RLU는 오염도를 나타내는 수치로 일반 가정집의 냉장고는 00~수십만 RLU가 나오며, 여기서 보통 빈 그릇의 경우 100RLU 정도인데, 주방 싱크대와 변기보다 수십 배나 더 오염되어 있다.

오염된 물, 육류, 생우유, 아이스크림 등을 통해 감염되는 식중독균인 노로바이러스 리스테리아균과 여시니아균은 0~5도의 냉장고에서도 발육이 가능한 전형적인 저온 세균인데, 이런 세균이 냉장고에서 서식하고 있다.

어패류를 통해 감염되는 장염 비브리오균의 경우 다른 균에 비해 증식력이 매우 높아 최적의 조건이 갖춰진다면 1,000개의 균이 2시간 30분 내에 100만 개 이상으로 늘어날 수 있다.

끓이거나 찌는 과정에서 세균은 죽지만 세균이 내뿜은 독소는 파괴되지 않아 식중독에 걸릴 수 있다. 이렇게 발생한 식중독을 독소형 식중독이라고 하며 황색포도상구균이 대표적인데, 이 균은 60도에서 30분만 가열해도 죽지만 균이 만들어낸 식중독 원인물질

장독소는 100도에서 60분간 가열해야 파괴된다.

　기존 냉장고용 탈취제와 살균 제품이 여러 종 시판되고 있으나 주요 성분이 Tannin, 탄산수소소듐, Butane-1,3-diol, 차염소산나트륨, 2-Octyl-2H-isothiazol-3-one 등 약품을 적용하고 있지만, 이런 제품들은 휘산되어 잔류성이 있으므로 흡입 시 매우 위험하고, 생식능력에 손상을 유발할 수 있으며, 피부 화상과 알레르기성 피부 반응 유발 물질 등 맹독성을 가지고 있어 사용할 때 극히 조심해야 한다.


　위와 같은 문제점을 해결하기 위해 오존을 발생시키고 그 오존을

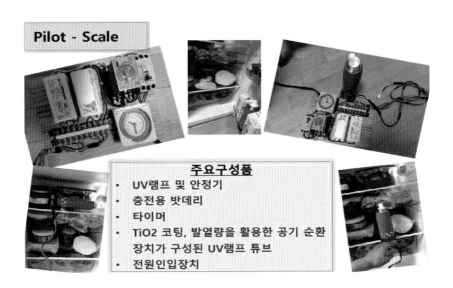

이용해 OH라디칼(반감기 초)을 통한 냉장고용 탈취 및 살균 Kit를 개발하여 국민의 위생 관리에 도움을 줄 수 있도록 할 계획이다.

### UV-AOP 고도정수처리 기술이 적용된
### SMART형 간이 정수처리 설비

간이 정수 설비는 다음 두 가지가 대표적이다.

수도법 제3조 9항 '마을상수도'는 지방자치단체가 대통령령으로 정하는 수도시설에 따라 100명 이상 2천 500명 이내의 급수인구에게 정수를 공급하는 일반수도로서 1일 공급량이 20세제곱미터 이상 500세제곱미터 미만인 수도를 말한다.

수도법 제3조 14항 '소규모급수시설'은 주민이 공동으로 설치·관리하는 급수인구 100명 미만 또는 1일 공급량 20세제곱미터 미만인 수도이다.

현재 국내에 설치되어 있는 간이 정수 설비의 문제점은 대표적으로 아래와 같이 5가지 정도이다.

①수질성상에 관계없이 이물질만 제거할 수 있는 모래여과기와 염소만 주입하는 시설이 다수 설치되dj 있음.

②MF, UF 막을 이용하여 입자성 또는 이온성 물질을 여과하는 기능이 주로 설치되어 있음.

③질산성질소와 이온성 물질을 제거하기 위해 흡착 기능과 이

온교화수지를 적용하였으나 원수에서 나는 냄새물질(Geosmin, 2-MIB) 제거에는 한계가 있음.

④소규모 및 간이 정수 설비의 경우 마을 주민에 의한 운영관리의 어려움이 있음.

⑤다양한 수질 성상에 대처할 수 있는 근본적인 처리시스템 AOP(고도산화공정) 공정은 적용한 사례가 없음.

위와 같은 문제점을 해결하고 국민들에게 안전한 물을 공급하기 위한 간이 정수 설비는 아래와 같은 기술을 적용하였다

전처리, 고도처리, 후처리로 분할하여 모듈화하고 원수 수질과 처리 용량에 따라 전처리와 후처리 필터를 선정하고 설비 용량을 고려하여 간이 정수 설비의 효율성을 높이면서 고품질의 먹는 물을 생산한다.

국내 최초 UV000를 적용하고 광분해 촉매제의 가이드 격자를 설치하여 이용하고 를 생산하는 시스템을 발명하여 UV+O₃를 이용한 고도산화공정(AOP)을 적용한다.

UV000 오존발생기는 처리용량에 맞추어 램프 수는 물론 램프의 크기와 강도를 결정한다.

UV+O₃ 반응조에는 물의 흐름을 층류로 형성하기 위해 처리용량에 따라 가이드 격자를 램프와의 내부간극은 램프용량과 자외선 강도에 따라 0~00mm유지 설치하여 광분해의 효율성을 높이고 잔류오존을 Aeration 접촉조에서 2차 접촉을 할 수 있도록 한다.

원수에서 방사능 라돈 발생 지역을 고려하여 필터가 부착된 AIR 흡입구를 설치하고 대기 중에 방출하기 위한 Aeration 접촉조를 설치하여 물속의 용존 산소량을 증가시키도록 시스템을 구성한다.

원수 수질 성상(TOC 기준)과 처리량에 따라 오존 발생량을 조절할 수 있도록 PID제어를 하고, UV 반응조도 처리용량에 적정하게 대수 제어를 한다.

$O_3$와 AIR 기체를 Micro bubble화하여 용존 효율을 높이고 UV 반응조의 균등 유입을 위해 라인믹서와 정류공을 설치하여 AOP 공정 효율을 향상시키도록 한다.

Micro bubble의 결합과 소멸 시 고온 고압이 발생되어 이에 따른 물리 화학적 특성과 $O_3$ 및 OH라디칼 발생으로 소독능률을 향상시키도록 한다.

Aeration 접촉조는 수위계와 자동공기변을 설치하여 배출가스와 수위를 조절·운영할 수 있도록 한다.

오존 주입량은 TOC와 비례하여 주입률을 결정하고 잔류염소는 수도꼭지 잔류염소 기준 0.1ppm을 유지하도록 정수 생산량과 비례하여 주입한다.

설비 운영의 안전성과 효율성을 위해 후처리 Feeding 펌프는 인버터 적용한다.

UV+$O_3$(AOP)고도처리 시스템은 기본적으로 장착하여 평상시 또는 비상시 원수수질에 대응토록 하여 안전하고 깨끗한 물을 생산하도록 한다.

UV 반응조 내에 가이드 격자를 램프용량과 자외선 강도에 따라 램프와의 내부간극은 0~00mm 유지하여 설치하고 촉매제를 도포하여 OH라디칼 O₃의 산화능력을 최대한 증가시켜 정수처리 효율을 향상시킨다.

촉매제 표면에 Band gap energy(=3.2eV)이상의 에너지를 가지는 UV를 조사할 경우 촉매 입자가 흡수하여 표면에 전자(electron)는 Valence band에서 Conduction band로 전이가 일어나게 되고 이로 인하여 Valence band에는 정공 Hole(h+)과 전자(e-)가 생성되며 생성된 전자와 hole은 촉매제 표면으로 확산 이동하게 된다.

촉매제 표면에 흡착된 물이나 OH-과 hole이 반응하여 OH radical과 superoxide radical을 생성하기도 하며, 수중에 존재하는 산소의 경우에는 전자와 반응하여 O₂-라디칼을 생성하여 더 많은 OH 라디칼을 생성시켜 촉매제 표면의 유기물질 등을 분해하게 되는데 이를 광촉매 반응이라고 광촉매 중 촉매제 Degussa

$$H_2O \xrightarrow{hv} \cdot OH + H^+ \quad (1) \qquad TiO_2 \xrightarrow{hv} H_{vb}^+ + e_{cb}^- \quad (3)$$

$$O_2 \xrightarrow{hv} \cdot O_2^- \quad (2) \qquad h_{vb}^+ + OH^- \rightarrow \cdot OH \quad (4)$$

$$e_{cb}^+ + O_2 \rightarrow \cdot O_2^- \quad (5)$$

$h$ : 플랑크 상수, $v$ : 진동수, $cb$ : 전도대($conduction\,band$)

$vb$ : 가전자대($valence\,band$), 정공($hole, h^+$)

P25를 사용하며 광촉매 효율에 중요한 역할을 하도록 표면적이 크게끔 방식에 따라 도포한다.

11W, 2,975mW/㎠ 광원을 사용하여 0.013M의 OH라디칼 생성량 변환은 아래와 같다

촉매제 박막의 부착은 sputtering 방식으로 rutile가 검출되는 방법의 조건을 맞추어 주상정 성장으로 표면적을 크게 하고 OH라디칼의 생성을 증가시킨다.

이 장치는 모듈별 자동 또는 개별 제어할 수 있도록 구성하고, 원격 무인 감시 시스템으로 운전할 수 있도록 ICT를 장착한다.

이 간이정수설비는 동결방지와 환기 시스템이 부착된 이동형 House내에 제작한다.

원수 수질 성상에 따라 AOP 고도처리와 Aeration 접촉조는 By-pass하여 운영할 수 있도록 배관을 구성한다.

AOP 고도처리 공정은 먹는 물 품질 향상을 위한 기본적인 공정으로 원수수질에 관계없이 상시 운전할 수 있도록 하고, UV000+ 촉매제를 이용한 오존발생 장치로 에너지를 절감한다.

모듈별 단위로 자동 운전할 수 있도록 Logic을 구성하고 main control 패널을 구성하여 원터치 자동 운전이 가능하도록 구성하고, 이는 원격 운전할 수 있도록 ICT를 구성한다.

전처리 설비와 후처리 여과기는 차압(△P)을 이용해 자동 역세 시스템을 구축한다.

사용되는 재질은 부식에 강하고 내구성이 있는 비철금속으로 설

치하고, 제어밸브는 원가절감을 위해 공압용으로 한다.

펌프 동력은 AC220V(한전전원), 센서류, 감시 또는 제어전원은 DC24V 전원을 사용한다.

원수 수종별 적용 방안으로 CASE1의 지하수는 ①UV+O₃(AOP) 고도처리 모듈을 기본적으로 사용하여 고도 처리함. ②지하수 수질조사 후 이온성 물질과 망간 비소 등 유해물질 발생 시 후처리 모듈 적용.

CASE2의 계곡수는 ①[전처리 + UV+O₃(AOP) 고도처리] 모듈 공정 적용. ②계곡수 수질조사 후 후처리 모듈 선택 적용.

CASE3의 하천수는 ①[전처리 + UV+O₃(AOP) 고도처리 + 후처리]모듈 전 공정 적용. ②병원성 미생물, 환경 호르몬, 냄새물질 (Geosmin, 2-MIB) 처리.

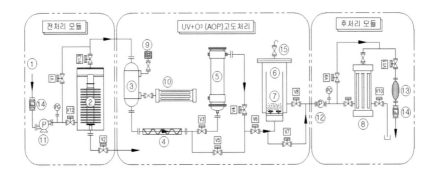

# 기술인이라는 자부심을 가지고

필자는 1988년 1월 한국수자원공사에 입사했다. 입사 지원을 할 때는 산업기지개발공사라는 이름이었다. 인천중앙직업훈련원에서 건축설비를 전공하고 1984년에 졸업한 다음 한동안 전공 분야의 사업을 준비하고 있던 차에 '산업기지개발공사'라는 이름에 끌려 기능직으로 응시하여 입사했던 것이다.

입사하던 그 해에 에너지관리산업기사 등 2종의 기사 자격증을 갖추었는데, 필자는 처음부터 기술에 대해서만큼은 당당하게 살아가고 싶다는 생각을 가졌고, 그런 생각으로 꾸준히 기술적 진보에 대한 열망을 실천에 옮겨갔다.

1990년 내부 임용시험을 거쳐 기능직이라는 굴레를 벗어났고, 선후배님들의 많은 도움 덕분에 수자원공사 55년 역사에서 최초로 기능직 신입사원이 처장까지 승진하는 영예를 얻게 되었다. 아울러 기술과 배움에 대한 의지와 열망을 가지고 수자원공사에 근무하면서도 학업을 병행할 수 있는 서울산업대학교에 진학했고, 소

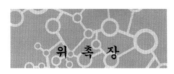

위 촉 장

상하수도분야
한국수자원공사 이 중 열

귀하를 경기도 건설기술심의위원회
조례 제5조 3항에 따라「경기도 건설
기술심의위원회」위원으로 위촉합니다.

【위촉기간 : 2014. 1. 1 ~ 2015. 12. 31.】

2014년 1월 1일

경기도지사
김 문

위촉장

방설비기사 1급 자격을 따면서 졸업했다.

앞에서 수 충격 문제를 해결하기 위해 동분서주 했다고 서술했듯이 수자원공사에서 기술 분야만큼은 책임질 수 있는 실력을 갖추어야겠다는 것이 34년 근무하는 동안의 일관된 생각이었다. 그리고 실제로 과학과 기술은 정답이 있다는 믿음을 가지고 꾸준히 노력을 기울였다.

2001년에 기술인 최고의 자격증인 산업기계설비 기술사가 될 수 있었던 것도 그런 노력의 결과였고, 2011년에는 국제기술사로서 APEC eng 위원까지 될 수 있었다. 말하자면 기술에 관한 한 자수성가(自手成家)를 했다고 해도 지나친 말은 아닐 성싶다.

수자원공사에서의 업무 내용도 필자의 기술에 대한 자신감에 상

위촉장

응하여 수도권 용수 운영관리 분야에서 출발하여 수도권 광역상수도 건설사업으로, 또 광역상수도 건설의 고도처리공사 설계와 사업관리 부문으로 옮겨갔다. 2016년에는 만성적인 물 부족을 겪고 있는 서해안 지역에 국내 최대 규모의 대산 해수담수화 사업(2,800억)과 하수처리 중 악취 발생에 따른 고질적인 민원이 발생되는 시흥 하수처리장 복합 위탁사업(3,200억)의 사업 총괄 책임자로서 개발을 수행하기에 이르렀다.

기술에 대한 자부심이 쌓여가는 한편으로 외골수로 전문성만 고집하기 어려운 경영 여건과 사회적 분위기에 대해서도 자연스럽게 관심을 기울이게 되었는데, 2009년 아주대학교에서 경영학 석사

학위를 받고, 2017년 서울대학교 경영대학원에서 공기업 고급경영자과정을 이수했던 이유이기도 하다.

아주대학교에서 석사를 마친 2009년에는 마침 한국수출입은행의 의뢰로 아프리카 앙골라 EDCF 3,500만 달러 차관에 대한 심사를 수행했는데, 단순한 기술 문제만이 아니라 차관 제공 이후의 생산성 제고와 판매까지 경영 전반에 대한 계획을 제시하는 일이어서 경영학을 배운 보람을 톡톡히 느꼈다고 할 수 있다.

상하수도는 뭐니 뭐니 해도 수자원공사에서 가장 중요한 일이기 때문에 기술 분야에 있어서도 당연히 중시할 수밖에 없다. 필자는 상하수도 설계기준을 개정하는 일에도 관여했고, 사내 연수원에서 전문 기술 분야의 강사도 역임했다. 뿐만 아니라 상하수도 설비류와 위생 관련 기술에서 국내 특허 13건, 국제 특허 1건 등을 등록하는 일에도 관여할 수 있었다.

자부심과 책임감은 동전의 양면처럼 불가분의 관계라고 생각한다. 수자원공사의 기술 부문에서 나름대로 목소리를 내기 시작하자 외부에서도 자연스럽게 손길을 뻗어왔다. 말하자면 기술 분야의 자문을 위해 초빙을 받은 셈이었다.

국토건설부와 경기도의 건설기술 심의위원, 한국건설교통기술평가원 연구개발사업 평가 및 자문위원, 중기청 NEP-NET 성능 평가위원, 새만금개발청 설계 자문위원, 서울시 안산시 대전시 인천시 건설사업 평가 및 설계 자문위원 등이 수자원공사에 근무할 당시 초청을 받았던 자리다. 당시 유체기계학회 수처리분과 회장이라는 직함까지 맡아서 활동하기도 했다.

수자원공사에서 물러난 지금도 충청북도와 충청남도 건설 심의 및 자문위원, 광해공업관리공단 대전시 평택시 광업진흥공사 가스공사의 평가 및 설계 자문위원 등을 맡고 있다. 지금은 필자가 특히 관심을 기울이는 분야가 물 복지인지라 물복지연구소 운영에 공을 들이면서 우리나라 물 안보, 물 산업경쟁력 향상 방안, 수돗물 품질향상과 취약지역 물 복지 향상을 위해 사회활동을 하고 있으며, 또한 각 현장의 물 환경 분야 에너지 절감과 고품질 수처리 설비 적용을 위한 사업체를 운영하고 있다.

그런데 기술심의위원, 설계자문위원, 검증위원 등 기술사 또는 국제기술사의 역할로 인해 선임된 위원회에서 기술 자문 활동을 하면서 필자는 나름대로 한 가지 원칙을 고수해 왔고, 지금도 마찬가지이다.

자칫 탁상공론의 명분에 휩쓸려 얼렁뚱땅 결론을 맺으려고 하는 경우가 더러 있는데, 아무리 그렇더라도 과학과 기술의 영역에 관한 한 반드시 원칙을 지키고, 타협하거나 양보하지 않는다는 사실이다. 과학기술은 대체 불가의 정답을 가지고 있기 때문에 타협이나 양보가 아니라 원칙을 지키는 것이 중대 재해와 품질 불량에 따른 예산낭비를 예방할 수 있고 우리나라 기술 발전의 토대가 된다고 믿기 때문이다.

# 기술인으로서의 경험과 우려

중대재해처벌법이 2022년 1월 27일 시행되었다.

사업 또는 사업장에서 일하는 모든 사람의 안전과 보건을 확보하도록 경영 책임자에게 의무를 부과한 법률이고, 경영 책임자가 안전과 보건 확보 의무를 다하지 않아 중대 산업재해가 발생하면 처벌받을 수 있는 법이다.

중대 산업재해란 산업재해 중 심각한 재해로 사망자가 1명 이상 발생하거나 동일한 사고로 6개월 이상 치료가 필요한 부상자가 2명 이상 발생한 경우, 동일한 유해요인의 직업성 질병자가 1년 이내 3명 이상 발생(급성중독, 독성간염, 혈액전파성질병, 산소결핍증, 열사병 등 24개 질병)한 경우이다

그동안 다양한 건설 현장과 운영관리 사업장에서 경험한 안전사고는 예측할 수 없는 경우도 있지만, 예측이 가능한 곳에서 발생하는 경우가 더 빈번하다. 대부분의 안전사고는 예측이 가능하다고 해도 틀린 말이 아닐 정도이다.

그 중에서 산업재해 예방을 위해 가장 중요한 것은 작업을 위한 절차, 흔한 말로 '일머리'를 알아야 한다. 대부분 안전사고는 숙련이 되어 있지 않거나 일머리를 모르고 매뉴얼대로 하지 않는 데서 주로 발생한다.

그렇다면 먼저 현재 단위 공정별로 건설이나 운영에 대한 매뉴얼이 만들어져 있는지 봐야 한다. 일본의 경우, 못 하나 박는 것, 나사 하나 조이는 순서에 대해서도 작업 매뉴얼이 있고, 작업할 때의 몸 움직임까지 디테일한 매뉴얼로 작성되어 있다. 그런 매뉴얼에 따라 작업을 하여 품질을 지키고 안전사고를 예방할 수 있도록 작성되어 있는 것이다.

과연 우리나라의 산업 현장에도 그러한 매뉴얼이 작성되어 있는지 반문하고 싶다. 물론 매뉴얼은 최고의 기능적인 숙련자와 기술적인 엔지니어가 합동으로 만들어야 한다. 이렇게 해야 증대재해를 멀리하면서 소기의 성과를 거둘 수 있을 것이다.

모든 산업과 경제의 근간은 기술로부터 시작되며, 그 어느 때보다 고도의 기술을 요하는 시대인 만큼 기술인들의 역할이 더욱 중시되고 있다. 필자는 수자원공사 34년 재직 중 20여 년 넘게 건설업무를 수행하면서 다수의 대기업과 약 50여 개 이상의 중소기업을 상대로 제작, 건설 및 운영관리 업무를 해왔다.

대기업은 그래도 우수한 인력들이 담당하고 있어 기술 관련 업무협의가 큰 문제없이 진행되어 왔다.

그러면 중소기업의 실정은 어떨까?

한 예로 수도용 수 충격 완화용 밸브를 제작·구입하는 경우를 보자. 일의 순서가 업체에서 승인용 도면을 작성하고, 제작 도면을 그린 다음 제작하여 납품하고 설치하게 된다. 승인용 도서에는 각종 구조 계산이 들어가고 도면이 디테일하게 작성되는데, 과연 중소기업인 제작사의 설계자로 구조 계산 등을 완벽하게 하는 직원이 있는지 묻고 싶다.

그동안의 경험에 의하면 중소기업의 경우 그런 직원을 만날 수가 없었다. 이런 여건들이 현장의 안전과 품질에 절대적임에도 불구하고 고급 인력을 고용할 수 없는 우리나라 중소기업의 현실이 매우 안타까웠다. 정부가 중소기업의 우수 인력을 양성하는 일에 발 벗고 나서야 할 이유라고 하겠다.

또 한 가지는 기술자로서 전문 분야 공부에 소홀한 것이 아쉽다. 상·하수도 처리과정에 설치되는 각종 설비류는 대부분 제작·구매하여 설치하는 경우이다. 국내 중소기업의 부족한 인력을 감안하면 설계사나 물 관련 전문기관에서라도 품질과 관련된 각종 수리 계산과 디테일한 도면 등의 검토가 반드시 이루어져야 한다.

잘못된 방식을 기존의 관행대로 복사하여 사용하고 무엇이 문제인지를 파악조차 하지 않은 채 반복하는 설계나 작업들이 비일비재한데, 중간 검토나 준공검사 때는 지적하기가 어려운 일들이 빈번하게 발생하여 품질이 저하되는 경우가 있다.

설비류는 설치하면 통상 15년 정도 사용하고 교체하는 주기인데, 설치 후 하자기간이 끝나자마자 교체하는 경우가 많아 예산 낭비는 물론 고품질의 물 생산에도 지장이 생기곤 한다. 발주처의 도면 승인, 공장 검사, 준공 검사의 과정을 철저히 하는 것은 말할 것도 없고, 이론과 현장의 여건을 감안하여 고품질의 설비가 반입될 수 있도록 하여야 한다.

앞에서도 기술하였지만 펌프장에서 안전사고로 가장 중요한 경우는 수 충격 현상과 관련된 부분이다. 이스라엘, 프랑스 등 외국의 경우 밸브 제조사에서 수 충격을 분석하고 현장 튜닝을 하는데, 국내 밸브 제작사의 현실은 그렇지 못하다.

그렇다면 대형 펌프장의 운영 관리자인 물 전문기관이나 대기업에서 운영 중 발생되는 수 충격 현상에 대해 수시로 튜닝을 하면서 펌프장의 안전성을 확보해야 하는데, 아직은 그러한 후배 직원들이 너무나 극소수여서 마음이 안타까울 뿐이다.

수 충격 안전성을 확보하기 위해서는 우선 펌프 용량(양정, 유량)과 펌프모터의 (제작사 제시) 값을 확인하여야 한다. 그런 다음 토출관로 설치 형상(관경, 설치 레벨, 관로 길이, 곡관부 등), 관로 재질의 탄성계수, 관로 중간에 개방형 조건(Surge tank, Surge pipe)이 있는지를 파악하여 관로에서 발생되는 수 격파에 대해 수 충격 해석프로그램을 이용하여 1차적인 분석이 이루어져야 한다.

그런 다음 관로에서 발생되는 수 격파를 완화하기 위한 방법, 즉 부압이 발생되는 곳은 부압과 양압에 반응성이 빠른 Air chamber를 설치하고, 부압이 발생되지 않으면 펌프 토출 측의 수 충격 완화용 밸브를 활용하여 밸브의 닫힘 속도를 조절하여 상승 압을 완화할 수 있다.

여기서 조심해야 할 사항은 수 충격 완화용 밸브의 내구성과 정확성이다. 수 충격 해석 프로그램에서 부압과 상승압을 낮추는 방출량을 결정하여 최적의 조건을 설정한다면 Air chamber 용량을 결정할 수 있고, 수 충격 완화용 밸브의 닫힘 속도를 조절할 수 있다

이상의 설명은 원리에 대해서만 살펴본 것이고 보다 정교한 튜닝(tunning)을 위해서는 수 충격 실험을 해가며 조정하여야 한다. 아울러 수 충격에 대한 숙련자가 되려면 그동안의 실험 사례(실패, 성공)와 논문 등에 대한 분석이 매우 중요하고, 유체역학(정상류, 부정류)에 대한 지식도 갖추고 있어야 한다.

수 충격과 관련해서는 여러 곳에서 지나칠 정도로 반복하여 글을 쓰게 되는데, 펌프장에서 그만큼 중요한 사안이기 때문에 수자원공사를 퇴직한 다음에도 염려스러워서 거듭 거론하게 되는 점을 양해해 주시기 바란다. 어쨌거나 더욱 훌륭한 전문가 분들이 나와서 펌프장의 안전을 기할 수 있기를 희망해 본다.

# 물 전문가 이중열 인터뷰

## 1. 녹조는 왜 생기나?

조류 발생은 지구상의 생태계를 탄생시키고 유지시키는 재(再)자연화 현상으로서 물이 있는 곳이면 어디든 우리와 함께 존재해 왔고, 봄이 되면 새싹이 자라는 것과 똑같은 원리이다. 조류(식물 플랑크톤)는 엽록소를 가지고 있어 이산화탄소를 이용해 산소와 유기물을 만들어내고 광합성을 하는 작은 생물로서 남조류, 규조류, 녹조류 등이 있다.

적정 수준의 조류는 수중에 먹이와 에너지를 공급하여 건전한 수생태계를 유지하는 데 꼭 필요한 존재이기도 하다, 수중 물벼룩과 같은 동식물의 먹이가 되어 먹이사슬의 기초가 되기도 한다.

그 중 녹조는 물속의 부영양화(富營養化)*와 광합성에 의하여 강이나 호수에 남조류가 비정상적으로 증가하여 물빛을 녹색으로 변화시키는 현상이다. 생물이 영양물질을 섭취하여 자라는 자연적인 현상이다.

*부영양화는 오염원의 영양물질 질소, 인이 풍부해지는 현상

녹조 현상의 발생원인 3요소는 오염물질(질소, 인) 유입, 수온 (23℃ 이상), 광합성 활동에 필요한 일사량이다. 더불어 수심이 깊지 않고 온도 변화에 민감한 수역과 정체 수역에서 녹조 발생은 촉진될 수 있다.

이 3요소 중 수온과 일사량은 인위적으로 제어할 수 없으나, 점 오염원인 공장 폐수, 생활하수, 축산폐수 등은 어느 정도 제어가 가능하다. 그러나 비점오염원은 빗물과 함께 흘러내리는 각종 쓰레기와 농경지의 비료, 퇴비, 산에서 발생되는 부엽토의 침출수 등이 있으며, 질소와 인을 포함한 여러 오염물질이 다량으로 들어있으나 유입을 제어하기에는 무리가 있다.

그래서 지구상 어디든 물이 있는 곳이라면 조류는 발생하게 마련이다. 부영양화로 인해 조류가 과다 증식하게 되면 조류독소 생성, DO(용존산소) 저하, 저질토 내의 철과 인의 용출, 맛·냄새 물질 등이 생성된다.

녹조의 발생은 자연적인 현상으로 일상에서 사용되는 각종 세제와 생활쓰레기 같은 오염원을 줄이는 우리의 절약 실천이 녹조 발생을 줄이는 데 기여할 수 있을 것이다.

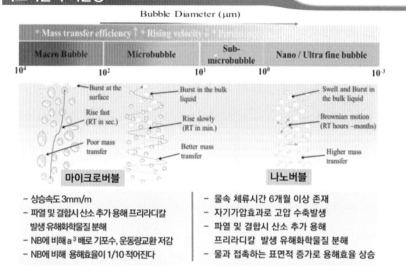

**나노버블의 기술성**

Bubble Diameter (μm)

* Mass transfer efficiency ↑ * Rising velocity ↓ *

| Macro Bubble | Microbubble | Sub-microbubble | Nano / Ultra fine bubble |

$10^4$      $10^2$      $10^1$      $10^0$      $10^{-3}$

Burst at the surface
Rise fast (RT in sec.)
Poor mass transfer

Burst in the bulk liquid
Rise slowly (RT in min.)
Better mass transfer

Swell and Burst in the bulk liquid
Brownian motion (RT hours –months)
Higher mass transfer

**마이크로버블**      **나노버블**

- 상승속도 3mm/m
- 파열 및 결합시 산소 추가 용해 프리라디칼 발생 유해화학물질 분해
- NB에 비해 $a^3$ 배로 기포수, 운동량교환 저감
- NB에 비해 용해효율이 1/10 적어진다

- 물속 체류시간 6개월 이상 존재
- 자기가압효과로 고압 수축발생
- 파열 및 결합시 산소 추가 용해 프리라디칼 발생 유해화학물질 분해
- 물과 접촉하는 표면적 증가로 용해효율 상승

## 2. 녹조를 과학적으로 해결할 수 있는 방법이 있나?

미세기포를 이용한 조류 제거 기술이 있다.

일본 농림수산청이 어항 수역의 수질과 저질토 개선, 환경청의 폐쇄 수역 수질 개선, 온가강의 하천 수질 개선 등 다양한 곳에 적용해 효과가 있어 확대 시행 중이다. 녹조 발생 원인 3요소 중 영양물질을 제어하는 기술로 미세기포를 이용해 냄새와 영양물질을 근본적으로 처리하는 과학적인 기술이다.

국내에서도 공주보와 가두리 양식장에 미세기포를 설치해 개선

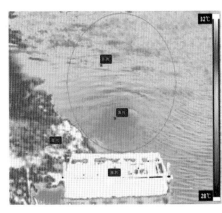

**OOO 마이크로 버블 장치 실험 결과 (2017)**

(실험군) 녹조 저감 반경 20m까지 10~84%의 저감

(총조류) 2차 조사 시 반경 20m까지 10~46% 저감

(남조류) 2차조사반경3m, 10m구간에서각각84%, 65%저감

❖ 시사점
- ■ MB적용시에도 조류저감 효과발생
- ■ 국부적 주입으로 조류 저감 한계
- ■ 국부주입으로 시험군과 대조군 차이
- ■ NB와 디퓨져 적용시 효율향상 기대

효과가 있다는 사실이 확인됐고, 디퓨저를 이용해 광대역에 설치할 수 있도록 설계해 휴먼포자의 발아 최적온도(19~20℃)와 휴먼포자 형성온도(20~25℃), 영양세포 성장(25~30℃), DO(용존산소)의 조건에 따라 공기, 산소, 오존을 미세기포로 만들어 탄력적으로 운영할 수 있도록 하는 기술이다.

고농도의 산소 또는 오존을 주입함으로써 수층에 형성된 저질토의 혐기조건을 호기조건으로 바꾸어 영양염류 용출을 줄인다.

초미세기포의 경우 물속에서 오랜 시간 체류하며 자기가압 효과로 결합과 소멸 과정에서 발생되는 OH라디칼은 무작위 반응에 의한 살조와 유해 박테리아 살균 등 정화 효과가 있으며 잔류 독성이나 2차 오염이 없고 생태계 교란 없이 부영양화 악순환을 해소할 수 있다.

산소 또는 오존을 초미세기포로 디퓨저를 이용하여 광대역에 주입함으로써 저층 빈산소를 해결하여 인의 용출을 줄이고 각종 냄새물질을 저감(低減)할 수 있다.

인의 경우 철과의 결합을 촉진하여 불능화하고, 질소의 경우 질산화 반응과 탈질 반응이 미생물에 의해 이루어지는데 미생물을 더욱 활성화시키는 역할을 해 영양염류의 용출을 줄이는 방법이다. 이러한 과학적인 기술들은 여러 논문에서도 검증되었고, 현장 설치에서도 효과를 보고 있다. 국내 하천 여건에 맞게 설계용량을 결정해 광대역에 설치함으로써 수질 개선과 악취 제거에 적극 적용하여 시행할 필요가 있다.

### 3. 그동안 시도됐던 녹조 저감책은 몇 종류이며, 대략적으로 소개해주신다면?

녹조 제거와 수질 개선을 위하여 220여 방법과 536억 원의 R&D예산이 투입됐다. 그동안 물리적, 화학적, 생물학적인 방법으로 다양하게 실험 평가를 했다. 결과는 국부적인 해결과 2차 오염 발생, 생태 교란, 일시적인 효과, 처리단가 상승 등 현재 광대역에 뚜렷하게 적용되고 있는 방법은 없었다.

• 물리적(설비형)인 방법으로는 수중폭기장치, 표층순환장치, 수

상콤바인, 녹조제거선, 기포발생장치, 산소용해장치 등이 있으나 광대역을 처리하기에는 한계가 있었고 국지적이고 일시적인 효과뿐이었다.

• 화학적인 처리 방법으로는 산화제의 살균효과를 이용하는 살조제 $CaCl_2$, $CaCO_3$ 투입, 천연광물질 제올라이트, 벤토나이트, 황토를 살포했으나 침전 부패에 의한 2차 오염 발생과 생태계 교란 등 국지적이고 일시적인 효과뿐이었다.

• 생물학적인 방법으로는 인공습지, 인공수초섬, 보릿짚 등을 설치해 식물 등을 이용한 생태친화적인 방법으로 영양물질 흡수 등

물리적 녹조 저감 기술

물리적

○유입수전환
- 선택취수설비
- 조류 차단막

○성층파괴
- 가압부상시설
- 수중폭기 장치
- 심층수 방류

○조류세포 제거
- 조류제거선
- 수상콤바인
- 초음파발생

다양한 현장적용 개발수준이 높음

<조류차단막(팔당호)>

<표층순환-Roster(대청호)>

<수상콤바인(낙동강)>

<초음파발생기(귀엄저수지)>

<조류제거선(대청호)>

<수중폭기장치(남강댐)>

## 화학적 녹조 저감 기술 현황

### 화학적

- ○ 응집제 살포
  - Al, Fe, Ca
  - 황토
- ○ 살조제 살포
  - 황산동, 염소
  - 천연추출물
  - 은나노 물질
- ○ 인(P)불활성화
  - 규산다공제
  - 석고 $(CaSO_4 2H_2O)$
  - 소석회$(Ca(OH)_2)$

**높은 제거효율**
**간단한 현장적용**

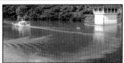

\<황토\>

\<활성탄\>

\<은나노물질\>

\<천연물-왕겨 추출물\>

\<용집제\> · 충청일보

\<규소다공성 물질\>

## 생물학적 녹조저감 기술현황

### 생물학적

- · 식물 등을 이용한 오염유입 저감
- · 식물체의 천연성분을 이용한 녹조제거
- · 조류를 먹는 천적(물벼룩 등) 이용
- · 효과 발생에 장기간 소요, 관리 어려움, 비용과다

인공습지

보릿짚 이용 녹조제거

인공수초섬

**물벼룩 배양시설**

물벼룩(Daphnia)이용
조류제거
※ 물벼룩을 포식하는 소형
물고기를 먹는 대형물고기
를 함께 투입하여 먹이사슬
을 유지

효과는 양호하나 효과 발생에 장기간 소요되고 홍수기 등 관리의 어려움과 설치와 관리 비용이 과다하게 투입되는 문제점이 있다.

## 4. 녹조 저감책 기술이 적용된 사례는?

• 그간 대표적으로 물리적, 화학적, 생물학적인 방법을 적용하여 평가했으나 국지적이고 일시적인 효과, 침전 부패에 의한 악순환과 2차 오염 발생, 관리의 어려움과 과다한 비용 탓에 확대 시행은 안 하고 있다.

• 댐에 주로 설치된 수중폭기장치는 수심에 따른 수온 및 용존산소의 농도 차이는 거의 없고 조류의 주요 성장인자인 총인과 총질소의 농도도 거의 차이가 없다. 오히려 하절기에 심층의 총인 농도가 매우 높아, 이 시기에 폭기시설을 가동할 경우 총인이 확산되어 조류의 성장을 촉진시킬 수 있다, 폭기시설의 가동 시기를 결정할 때 고려해야 한다.

## 5. 그동안 있었던 녹조 저감책이 실패했던 이유는?

그동안 녹조저감 대책은 주로 녹조가 발생한 후 대응하는 사후 대책이며, 지속적으로 시행하기 어려운 임시적인 대책이었다. 물리적, 화학적, 생물학적인 방법 220여 공법으로 현장 실험을 하였으나 전 광대역에 적용하는 데는 한계가 있었고 국부적인 효과, 2차 오염 발생과 생태교란 등의 이유가 있었다.

가장 좋은 방법은 녹조의 발생을 사전에 차단하는 것이며, 이를 위하여 녹조 발생의 근본적인 원인 물질인 영양염류를 제거하는 것이 필요하나 이에 대한 정책과 기술적인 시도가 그동안 충분하지 못했다.

### 6. 4대강 보 개방과 녹조의 연관성이 큰가?

녹조 발생은 물과 자연이 있고 도시화와 농업, 축산 등 시대의 발전에 따라 우리와 함께하는 피할 수 없는 현실이다.

보를 개방한다고 녹조 발생이 반드시 해결되는 것은 아니다. 그 증거로 해체·개방이 결정된 보 5개의 하천에서 개방으로 인해 녹조 발생이 없어졌는지 확인해 봐야 한다. 보 개방 후 5개 보의 6개 수질 지표 TP(총인), TN(총질소), SS(부유 물질), 클로로필a(엽록소), BOD(생화학적 산소 요구량), COD(화학적 산소 요구량) 등 30개 가운데 28개가 악화됐고 1개만 개선되었다.

다시 말해 보에 물이 많이 채워져 있으면 고액 분리에 의한 침전과 오염물질 희석, 분해가 이루어진다는 자정작용의 결과이다. 물론 계절적인 여건에 의해 측정값들에 일관성은 결여될 수 있지만 환경부 자료에 의하면 16개의 보에서 전반적으로 수질은 향상되었다고 한다.

보에 물을 채운다고 수질이 악화되지는 않고, 개방으로 인해 녹조가 저감되고 수질이 개선된다고 하는 주장이 옳다고 단정적으로 주장하기는 어렵다.

만일에 보 개방으로 녹조가 저감되고 수질이 좋아진다면 매년 지속적으로 고농도의 녹조가 발생되는 대청댐에 녹조가 발생한다고 수문을 개방해야 하는지 묻고 싶다.

4대강 보는 홍수 예방과 가뭄 해결에 도움이 되었고, 주변 지하수위도 높아지는 것이 증명되었다. 지역 농민들에게 수량은 축복이고 생명수와 같아 농민들이 보의 해체·개방을 반대하는 것도 그런 이유일 것이다.

또한 지역별로 역대급의 기상이변이 빈번히 발생하고 있다. 최근 호남지역에 생활용수를 공급하는 동복댐 저수율(32.5%)과 주암댐 저수율(32.2%)이 전년도에 비해 44%, 58.7%로 매우 낮아져서 비상이 걸렸다. 내년도 우기 때까지는 갈수기에 접어들면서 생활용수 부족 사태가 올 수도 있다.

수자원의 중요성은 절대적이다. 수질도 중요하지만 수량이 없으면 재앙이 된다. 이러한 물 안보 문제에 대비하기 위해 지역 건의 댐을 적극적으로 발굴하고 건설해야 하며, 4대강 보를 건설할 때 발생되었던 문제점을 보완해 경남 내륙 지역과 영산강 계통의 보를 추가로 건설해 역대급 가뭄이 닥칠 때 물 부족에 따른 재앙에 대처해야 한다.

과학과 기술, 현실의 필요를 무시하고 환경과 생태를 앞세운 이념 논쟁의 피해는 결국 본인에게 돌아갈 것이다. 짝퉁 전문가가 아니라 수질 개선을 위한 각 수계별 지류지천의 관리방안과 농민과 축산업체의 적극적인 협조방안을 제시하고, 수질 개선을 위한 정부의 체계적이고 장기적인 마스터플랜에 대한 견제와 비평 등 진정한 환경운동으로 전환할 필요가 있다.

더불어 보를 관리하는 기관도 수계별 수질과 수량을 면밀히 모니터링해 상류 댐과의 연계운영 등 과학적 운영이 이루어지도록 인공지능(AI)이 접목되고, 과거와 현재의 운용 상태를 실시간 파악하며 미래를 예측할 수 있는 Digital twin 방식을 적용한 진정한 물안보 정책이 필요하다고 하겠다.

정치가 과학을 뒤집고 감성이 이성을 지배하며 구호가 전문지식을 뿌리치는 그런 환경운동 지양해야 한다.

수질을 개선하려면 보(洑)를 해체하거나 개방해야 한다는 말이 아무렇지 않게 회자되고 있다.

"보 건설 이후 지역에 따라 수질이 일부 악화된 곳도 있지만, 전반적으로 좋아졌다. 그리고 물이 있어야 수질도 개선하든 말든 할 것 아닌가?"

환경 '전문가'를 자처하는 몇몇 사람은 정권이 의도하는 바를 가늠해 잘 포장된 맞춤형 고견(?)을 내놓는다. 보는 정물(靜物)이지만 강은 살아 움직인다. 물의 흐름도 세월 따라 바뀌고 강바닥의 지형도 변화한다. 보의 순기능과 역기능은 오랜 시간에 걸쳐 평가해야 한다. 5년이면 충분하다고 생각한 이들은 무엇에 쫓겼던 것일까?

과학적 사실마저 왜곡하고 조작하여 엉뚱한 주장을 하는 전문가들에겐 왜곡 조작이 높은 곳으로 오르는 사다리일 뿐인지 아직도 그런 자리에 버젓이 앉아 있다.

### 7. 녹조가 발생하면 먹는 물 안전성에는 문제가 없는가?

녹조가 대량으로 발생할 때 먹는 물에 영향을 미치는 것은 주로 맛의 변질과 냄새 발생, 조류가 배출하는 독성물질이다. 수돗물의 쾌쾌한 곰팡이냄새, 흙냄새를 유발하는 지오스민(geosmin), 2-MIB 등 냄새 물질이 조류에서 배출된다.

냄새 물질은 세계보건기구(WHO)와 일본, 미국 등 주요 선진국에서 심미적인 물질로 분류했으며, 수년간의 연구결과 인체에는 유해성이 없는 것으로 확인됐다.

환경부는 불쾌감을 유발할 수 있는 물질로 지정해 먹는 물에서 20ng/L(1조분의 20g) 이하로 처리하도록 감시기준을 설정하고 있다. 조류독소로는 마이크로시스틴(Microcystins, 간독성)이 수돗물 안전성을 위협하는 요인으로 많이 거론된다. 이는 세계보건기구의 가이드라인을 참고해 국내에서도 수돗물의 조류독소(마이크로시스틴-LR)가 1.0$\mu$g/L(10억분의 1g)을 초과하지 않도록 감시기준이 설정되어 있다.

상수원에 녹조가 발생하면, 취수 단계부터 조류 차단막, 심층의 물 선택 취수 등 조류가 유입되는 것을 최소화하고 있으며, 조류 발생 예·경보 제도를 활용, 선제적으로 대응해 수돗물 안전성을 확보하고 있다. 또한 정수처리 과정에서도 충분히 처리할 수 있다. 조류독소와 냄새 물질은 정수장에서 중염소 산화, 분말활성탄 흡착 등을 통해 제거가 가능하다.

일반 정수처리로 완전히 제거되지 않는 맛·냄새 물질, 미량 유기오염물질 등을 처리하기 위해 10여 년 전부터 AOP(과산화수소+UV, 과산화수소+오존) 등을 활용해 처리능력을 더욱 높인 고도산화처리 공정 도입이 활발히 진행되고 있어 이중 삼중으로 정수처리를 함으로써 먹는 물의 안전성을 확보하고 있다.

그런데도 최근 조류독소의 분석방법 등에 대해 환경운동 전문가들이 지적했던, 경남지역과 대구시 수도꼭지에서 검출됐다는 조류독소와 살아있는 남세균도 과학적인 사실을 조작한 왜곡 보도로 수돗물에 대해 불안을 조장한 건 아닌지 사실 확인이 전제되어야 한다.

국민을 대상으로 한 사실 조작과 왜곡은 어떤 이유로도 용납될수 없고, 용납되어서도 안 된다. 적어도 수돗물에 관한 한 선진국수준으로 관리되기 때문에 정답이 있으며, 진영 논리나 이념적인 대립보다는 어떤 문제든 현실에 대한 학습과 개선의 기회로 삼아 더욱 고품질의 수돗물을 생산·공급할 수 있도록 긴 안목의 노력이 필요하다.

# 제3장

# 물의 멋진 신세계

# 수돗물의 과학

　우리나라는 순수, 초순수, 해수담수화 같은 산업용수에서는 다소 뒤처져 있을지 몰라도 상수도의 관리·운영과 기술 수준에 있어서는 선진국에 조금도 뒤떨어지지 않는다. 도서·벽지나 몇몇 취약한 지역을 제외한 특별시·광역시와 광역상수도의 수준은 선진국의 앞자리를 차지한다. 깨끗하고 안전하게 정수된 수돗물이 오히려 시중에서 판매되는 생수보다 낫다고 할 수 있음에도 수돗물에 대한 불신은 가시지 않고 있다.

　굳이 수돗물과 관련한 기술 공정을 제시하는 데는 까닭이 있다. 누구나 수돗물이 어떤 과정을 거쳐 우리 집까지 오게 되는지 알 수 있도록 하여 수돗물에 대한 오해를 해소하고 행여 수돗물에서 이상을 발견할 경우 스스로 진단해 볼 수 있는 안목을 갖출 수 있도록 하려는 것이다.

**수돗물이 우리 집까지 오는 과정**

정수처리는 강, 호수 등의 수원(水源)에서 물을 취수하여 정수장까지 공급한 다음 일반적인 정수처리 과정으로 혼화(약품주입)→응집→침전→여과→소독→정수를 거치면서 수질을 정수하고 정수된 물을 각 가정과 공장에 송수하는 과정이다.

최근에는 원수에 포함된 미량유해물질, 냄새물질, 녹조발생 등을 해결하고 고품질의 수돗물과 안전한 물 생산을 위해 고도처리 공정의 혼화(약품주입)→응집→침전→여과→고도처리(오존+GAC, UV+H2O2+GAC)→정수를 할 수 있도록 정수장을 신축하거나 개량하고 있다.

그러면 수돗물이 어떠한 공정을 거쳐 우리 집 수도꼭지까지 오는지 생산과정을 독자의 이해를 돕기 위해 간략히 기록하고, 덧붙여

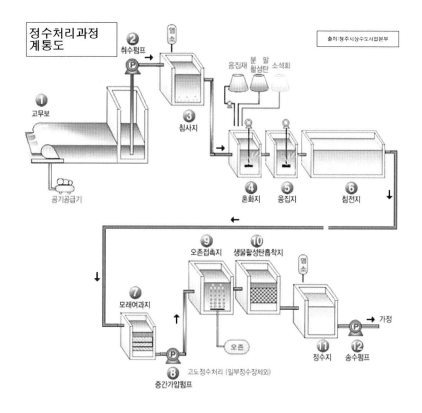

정수처리과정
계통도

출처:청주시상수도사업본부

① 고무보
공기공급기

② 취수펌프

염소

③ 침사지

응집재 분말활성탄 소석회

④ 혼화지

⑤ 응집지

⑥ 침전지

⑦ 모래여과지

⑧ 중간가압펌프    고도정수처리 (일부정수장제외)

오존

⑨ 오존접촉지

⑩ 생물활성탄흡착지

염소

⑪ 정수지

⑫ 송수펌프    가정

단위공정별 설계와 운영상의 주의사항도 기록한다.

　계통도①의 원수인 물은 수소 결합의 형태에 따라 기체, 액체, 고체로 존재한다. 수원의 조건은 수질이 양호하며 수량이 풍부해야 하고, 가능한 한 주위에 오염원이 없고, 소비자로부터 가까운 위치, 계절적으로 수량과 수질의 변동이 적은 곳, 수리학적으로 가능한 자유유하 식을 이용할 수 있는 곳이어야 한다.

상수도로 사용되는 수자원은 많은 유량이 필요하기 때문에 주로 댐이나 하천에서 취수하는 지표수를 사용하고 있다. 현재 국내의 상수도 보급률은 99% 이상 되며, 상수도의 혜택을 받지 못하는 도서지역과 농촌지역의 경우 계곡수를 간이로 정수하여 사용하거나 지하수를 사용한다.

계통도②의 취수펌프장은 하천이나 호소(湖沼)에 있는 지표수를 펌프로 취수하여 정수장으로 공급하는 시설이다. 주로 효율성이 좋은 양흡입 원심펌프 또는 입축 펌프를 사용한다.*

*펌프장에서는 펌프의 기동과 정지 시 또는 전기 공급 단전 시 수 충격이 발생한다. 펌프장을 설계할 때 가장 주의를 기울여야 할 부분이다. 국내에서 주로 사용되는 수 충격 완화와 제어 방법은 Air chamber를 설치하거나 관로 내 급격한 유동 현상을 제어할 수 있는 혼합역지변(체크밸브)를 설치하는 것이다. 그러나 국내 펌프장의 수 충격 현상을 완벽히 제어할 수 있는 이론과 실무를 겸비한 엔지니어가 극히 드물다. 이 수 충격 현상을 제어하지 못하면 밸브, 플랜지, 관로 파손 등의 피해가 발생하고 펌프장의 운영을 중단할 수 있어 수 충격에 대한 유능한 엔지니어가 배출될 수 있도록 기관과 학계에서 부단한 교육과 노력이 필요하다.

계통도③의 착수정은 취수시설에서 도수되는 원수를 받아들이고 각종 약품 주입을 위해 수위를 안정화시키는 구조물이다. 수위의 동요를 안정시키기 위해 정류공을 설치하고 수위가 지나치게 상승하는 것을 방지하기 위해 월류관 또는 월류웨어를 설치한다. 착수정에서 혼화지 전단까지 주로 주입하는 약품으로는 원수에 이취미(異臭微) 물질 유입 시 활성탄과 수 처리 공정을 용이하게 하기 위한 pH조절제(황산 또는 CO2, 가성소다), 물속의 현탁(玄濁) 물질을 응집하기 위해 경제성과 효율성을 가진 고분자 응집제 등이다. 또한 물속의 각종 세균, 바이러스를 살균하는 전염소를 주입한다. 정수장에 주입하는 모든 약품은 후염소를 제외하고는 모두 착수정에 주입한다.*

*응집제 주입 방법은 여러 가지가 있다. 그 중 대표적인 것으로 착수정의 월류낙차를 이용한 디퓨져 주입 방식, 관내 인라인 믹서, 펌프 디퓨져 믹서, 기계식 혼화 등이 있으나 월류낙차식을 제외하고는 관내 주입 시 각종 디플렉타(반사판)에 석출현상이 발생되고 있어 운영관리 시 주의하여야 한다.

계통도④는 혼화지인데 혼화란 응집 약품과 원수를 혼합하여 콜로이드 입자의 표면전하를 중화시키고 혼화 과정에서 생성된 미세한 플럭(floc)이 ±원리를 이용해 서로 결합하도록 물과 약품을 균일하게 혼화시키는 과정이다. 정수약품의 화학적 반응이 매우 빠르게 종료되므로 혼화지 내에서 강력히 교반하여 혼합될 수 있도록 하는 것이 중요하다. 시설기준상 체류시간은 1~5분이다.

계통도⑤는 응집지인데, 응결된 미립자가 가교 현상에 의하여 서로 결합하여 부정형의 조대화된 플럭을 형성하는 작용을 응집작용이라고 하며, 응집 과정은 착수정 후단에서 주입한 응집제를 혼화지에서 긴급 혼화한 후 미세한 플럭은 입자 크기와 침강속도가 상당히 증가하도록 큰 플럭으로 만드는 과정이다.*

*응집기간 격벽이 정류공 타입일 경우 통과 유속은 35~55cm/sec하여 단락류를 예방하여야 하고, 부등폭 패들형 응집기를 사용할 경우 응집 효율이 약 17% 향상되고 있어 부등폭 패들형 응집기를 설계 설치하여야 하고, 감속기에서 누유로 인해 수질 오염이 종종 발생되고 있으므로 감속기는 Dry well 형식을 사용한다. 아울러 응집기의 운전은 응집지 수위와 물의 온도를 연계하여 가동될 수 있도록 컨트롤러를 구성해야 한다.

　계통도⑥의 침전지는 물속에 포함된 각종 현탁(玄濁)물질에 응집제를 주입하여 혼화를 하고 미세 플럭 간의 응집을 거친 후 큰 사이즈로 응집된 플럭을 중력 침강을 하여 원수 중에 포함된 이물질을 고액 분리하는 과정이다.
　이렇게 물속의 이물질을 고액 분리함으로써 이후 공정인 모래여과지에 부하를 경감하는 공정이다. 침전된 슬러지를 수집하기 위한 장치로는 수중대차, 체인플러이트, 스텝 식 수집기, 진공 흡입식 슬러지 수집기가 있으나 내구성이 양호하고 부품 수가 적어 고장의 빈도가 적은 수중대차를 많이 사용하고 있다.

●용존공기부상설비 DAF(Dissolved Air Flotation)는 기존의 중력식 침강원리와 반대로 슬러지를 부상하는 원리이다. 조류, 박테리아, Giardia, Cryptosporidium, THMs 등 조류나 미생물의 효과적 제거에 효율성이 있다.

작은 응집 floc 규모로 제거(응집제 사용량의 절감)와 같은 침강이 곤란한 입자 제거에 탁월하다. 소요면적이 작고 Air stripping에 의한 수중의 VOC(휘발성 유기물질), 색도, 이취미 제거에도 탁월하여 최근에 많은 적용이 되고 있다.


●깔따구 유충제거

최근 정수장에서 깔따구 유충이 발견되어 수돗물에 대한 국민의 불만을 초래하고 있다. 유입 경로를 조사한 결과 주로 침전지에 부상되어 있는 스컴에 깔따구가 날아와 산란을 하여 여과지로 유입되는 것으로 조사되었다.

깔따구는 상당량의 오염물질로 인하여 용존산소가 소모되는 생태계로 농업용수로 사용하거나 여과, 침전, 활성탄 투입, 살균 등의 고도의 정수처리 후 공업용수로 사용할 수 있는 4급수에서 주로 서식한다. 몸길이는 성체가 11mm정도 되고 생김새는 모기와 유사하지만 사람을 물지는 않는다. 유충은 작은 구더기 모양으로 몸색은 녹색, 흰색, 붉은색이다.

침전지 스컴 제거 장치는 깔따구 유입경로인 침전지에 설치하며 물의 파동을 이용해 스컴에 달라붙어 있는 초미세 기포를 탈리하여 스컴 자체를 침전시키는 원리이다. 침전된 스컴은 배출수지로 이송되어 수돗물 유입 경로인 여과지와 정수지로의 유입을 차단하는 원리다. 현재 침전지 스컴 제거에 탁월한 볼을 이용한 파동장치가 많이 적용되고 있다.*

*침전지 설계에서 실수를 많이 하는 사항으로는 상등수 유출 트러프의 설계이다. 다량의 유기물 유입 시를 제외하고는 플럭의 침강 곡선이 대부분 3~40m에서 이루어진다. 그러나 유출 트러프는 침전지 끝단까지 설치되어 있어 고액분리가 된 상등수가 3~40m쯤에서 집중적으로 유출되어야 하는데, 대부분의 정수장에는 3~60m정도까지 균등하게 설치되어 있다. 이로 인해 침전지 끝단에서 carryover현상이 발생되어 탁도를 증가시키고 여과지에 부하를 증가시키는 원인이 된다. 그래서 각 정수장 침전지의 플럭 침강곡선을 파악하여 carryover가 발생하지 않도록 트러프 유출량을 조정하여 침전효율을 향상시킬 필요가 있다.

계통도⑦의 여과지에서 여과 공정은 침전지 후단 정수지 전단에 설치하여 침전지에서 각종 이물질을 침전시키고 상등수를 여과하는 공정이다. 여과사인 모래에 물을 통과시켜 여재에 부착시키거나 여층에서 체 거름작용에 의해 탁질을 제거하는 방식이다. 또한 여과지는 정수처리공정에서 탁질을 제거하는 최종 단계에 있으므로 탁질을 완전히 제거하여야 한다. 장시간 여과를 하면 여과지가 폐색이 되는데 여과사 세척을 위한 세척기능이 반드시 필요하다.

•역세척: 여과사가 폐색이 되면 역세척을 하는데 역세척의 방법으로는 물로만 역세척하는 방법, 물과 공기를 동시에 분출시켜 역세척하는 방법, 공기로 여층을 교반 후 물로 역세척하는 방법, 표면 세척기를 사용하여 기계적으로 교반한 후 물로 역세척하는 방법 등이 있다. 일반적으로 여과 순서는 여과사에 부착되고 폐색된 층을 공기를 주입하여 털어내고 다량의 물을 주입하여 털어낸 이물질을 세척한다. 마지막으로 잔류하고 있는 미량의 물질을 세척하는 린스 과정이 있다.

계통도⑧은 소독인데, 여과 공정 이후로는 정수된 물이 생산된다. 소독제로는 염소($Cl_2$), 차아염소산나트륨($NaOCl$), 차아염소산칼슘($Ca(OCl)_2$), 이산화염소($ClO_2$) 등이 있으며 물속에 포함되어 있는 각종 세균, 대장균 등 유해 세균을 살균하는 약품이다. 아울러 소독된 물은 관로를 통해 각 수용가로 가는 과정에서 세균 번식을 방지하기 위해 지속성이 있는 염소를 주입하고 수도꼭지에서 0.1ppm의 잔류 염소가 있어야 한다. 국내 정수장에서는 대부분 염소를 주입하고 있으며 염소($Cl_2$)의 특성은 기체나 액체 상태로 존재한다. 염소 기체는 녹황색을 띠고 공기에 비해 약 2.48배 무겁다. 염소는 갈색이며 물에 비해 1.44배 무겁다.

계통도⑨는 고도처리공정이다. '고도 정수처리시설'이란 일반 정수처리공정(응집/침전/여과/소독)인 완속 또는 급속 여과공정 등

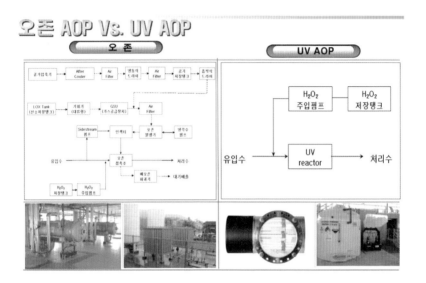

오존 AOP Vs. UV AOP

으로 구성된 기존 정수 방법으로는 완전히 제거되지 않는 수돗물의 맛, 냄새 유발물질, 미량 유기오염물질, 암모니아성 질소, 내염소성병원성 미생물 등을 제거하기 위하여 생물처리, 오존처리, 활성탄처리, 정수용 막 여과, 고도산화 등의 시설로서 환경부장관이 인정하는 시설을 말한다.

•고도처리 도입 대상 기준은 첫째, 원수의 연평균 수질이 3급수인 경우(소독부산물 생성이 높은 경우 포함) 또는 수돗물의 맛·냄새로 인한 민원이 발생하는 경우. 둘째, 현재 고도정수처리시설이 도입되어 있는 정수장과 같은 수계에 있으면서, 당해 고도정수처

리시설이 도입되어 있는 정수장에서 발생한 문제점과 유사한 문제점이 예상되는 경우. 셋째, 원수의 연평균 수질이 2급수 이상인 경우에도 일반정수처리방법으로는 처리가 곤란한 인체유해물질이 원수에 유입되는 경우 등이다.

•오존의 소독 효과는 이취미와 색도 제거, THM 전구물질 제거, 철과 망간 산화처리, 농약류와 페놀 제거, 조류 제어, 원생동물과 각종 바이러스 제거 등이다.*

•대표적으로 국내에 적용되고 있는 AOP(고도산화공정)는 UV+H2O2+GAC, 오존+H2O2+GAC를 적용하고 있다.

*오존을 이용한 고도처리 방법 중 발생되는 문제점으로는 주입 방법이다. 오존을 물 속에 주입할 때 가장 작은 미세기포로 주입하여 물과의 접촉면적을 극대화하여야 하는데 현재 주입되고 있는 오존은 매크로(mm~cm) 사이즈로 주입하여 물과의 접촉면적을 줄이고 있다. 물과의 접촉 효율 저하로 불필요한 오존을 과다하게 주입하고 있고, 이로 인해 배오존으로 배출되어 많은 에너지를 낭비하고 있다.

계통도⑩은 배출수지(농축조)다. 농축조는 침전지와 여과지에서 발생되는 슬러지를 모으는 곳이다. 이러한 슬러지를 최종 배출하기 위해 농축조에서 슬러지를 28시간 정도 최대한 농축하여 탈수기로 이송하는 시설이다.*

*현재 농축에는 구조적인 문제점이 있다. 기존의 슬러지 수집기 트러스 구조는 수집

| 기존 트러스 구조의 슬러지수집기 | 변경된 스파이럴슬러지 구조 수집기 |

효율이 매우 취약하고 슬러지 수집과 관련이 없는 트러스 구조 표면적에 의한 동력 손실이 170%나 더 소비되고 있다. 그래서 원형 농축조의 슬러지 수집기는 부하가 발생되지 않는 스파이럴 형식으로 적용되어야 한다. 또한 수집효율이 양호하여 기존 트러스 구조보다 슬러지 인발 함수율이 평균 2%정도 향상되어 슬러지 이송펌프 동력비도 150% 이상의 절감 효과가 있다. 또한 농축조 하부 구조도 원형이 아닌 콘 구조로 시공되어야 rabbit hole을 예방할 수 있고 고농도의 슬러지를 인발할 수 있으나 현재 국내에 시공된 농축조의 구조는 원형으로만 설계 시공되어 있다.

계통도⑪은 탈수기로 정수처리 주요 공정 중 마지막 단계이다. 발생된 슬러지를 농축조에서 농축한 후 탈수기에 의해 99~95%의 슬러지 함수율을 50~75%의 케이크로 변환하는 기계 설비이다. 국내의 정수장과 하수처리장에는 밸트형 탈수기, 필터형 탈수기, 원심탈수기가 주로 사용되고 있으며, 케이크 함수율은 필터형 탈

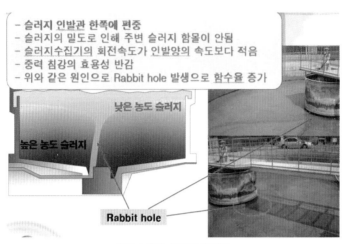

- 슬러지 인발관 한쪽에 편중
- 슬러지의 밀도로 인해 주변 슬러지 함몰이 안됨
- 슬러지수집기의 회전속도가 인발양의 속도보다 적음
- 중력 침강의 효용성 반감
- 위와 같은 원인으로 Rabbit hole 발생으로 함수율 증가

낮은 농도 슬러지

높은 농도 슬러지

**Rabbit hole**

기존 농축조 구조의 문제점

## 1) 콘형 호퍼  2) Spray nozzle  3) Sludge draw-off throttle

Spray nozzle :
고형화된 슬러지 파쇄

Sludge draw-off throttle
:슬러지량 조절 가능

Support base

기존 농축조 구조의 문제점

수기가 가장 우수하게 생산되고 있다.

현재 국내 수돗물 수질기준은 미생물·소독부산물·심미적 영향물질 등 61개 항목이다. 더 깨끗하고 안전한 수돗물을 위해서는 필요에 다라 수질기준의 항목이 추가될 수 있고, 더욱 고도의 기준으로 검사가 이루어질 것이다.

# 한강수계부터 물 관리 일원화 필요

우리 국민에게 상존하는 가장 큰 위험은 무엇일까?

대부분은 북한이 틈만 나면 동해를 향해 발사하는 미사일과 핵무기를 떠올릴 것이다. 맞다. 북한 핵과 미사일은 우리의 안녕을 위협하는 큰 위험요소임이 분명하다.

하지만 그보다 훨씬 강도 높은 현실적 위협이 우리 생활 주변에 항상 존재한다면 어떻게 할 것인가? 필자는 '물'이 북한 핵이나 미사일보다도 강한, 상존하는 위험요소라고 생각한다.

물은 국민의 삶에 있어 필요불가결한 절대적인 존재다.

깨끗하고 충분한 물은 국민 생활에 필수적인 조건이지만, 반대로 홍수와 가뭄은 국민의 생명과 재산을 순식간에 앗아갈 수 있는 재앙이 될 수도 있다. 그리고 수질과 생태는 생활환경과 삶의 질에 직접 영향을 미친다.

물은 한 국가의 존망과 국력을 결정짓는 중대한 요인이다. 수량·

수질·생태라는 세 축이 조화롭게 관리돼야 국민의 안전을 지키면서 물 복지를 실현할 수 있다. 단순한 '물 관리'의 차원을 넘어 '물 안보'라는 용어까지 사용되는 이유다.

우리나라의 경우 물의 안전을 위협하는 요인은 크게 기후변화와 미량 유해물질 두 가지를 들 수 있다. 해마다 강도를 더해가는 가뭄과 홍수에 간헐적인 지진까지 기상의 이변은 물의 안전을 위협하고 있다. 물속의 미세 플라스틱과 과불화 화합물 역시 먹는 물에 대해 여러 가지 근심을 더해주고 있다. 하지만 무엇보다도 근본적인 문제는 역시 사람의 문제, 시스템의 문제다.

고질적인 물 문제 해결을 위해 물 관리가 환경부로 일원화됐다. 수질, 수량, 하천관리 업무를 환경부로 통합한 것은 좁은 의미의 '물 관리 일원화'이다. 그런데 이런 좁은 의미의 '물 관리 일원화'에서 한 걸음 더 나아가 '통합 수자원 관리'가 필요하다.

'통합 수자원 관리'는 보다 넓은 의미로, 권역 내의 물(수자원) 관리에 영향을 미치는 모든 점을 고려하고 통합하여, 개별적으로 관리하던 수량, 수질, 수(水)생태환경 등을 종합적이고 지능적으로 관리하는 것을 말한다.

환경부는 인공지능(AI)과 디지털 기술을 기반으로 댐·하천 시설을 관리해 사전예측을 통한 홍수·가뭄 등의 물 재해 맞춤 대응 시스템을 구축할 예정이라고 밝혔다.

하지만 이런 청사진에 앞서 당장 절실한 통합관리의 초점은 한강

수계의 '댐 관리 일원화'에 맞춰야 한다.

한강수계에는 모두 10개의 댐이 있다. 소양강댐, 충주댐, 횡성댐, 평화의 댐은 한국수자원공사가 다목적댐으로 운영하는 댐들이다. 팔당댐, 청평댐, 의암댐, 춘천댐, 화천댐은 한국수력원자력의 발전(發電) 전용 댐이다.

그런데 환경부 산하기관인 한국수자원공사가 운영하는 댐들과 산업자원부 산하의 한국수력원자력이 운영하는 댐들은 서로 운영 목표와 지향점이 다르다.

특히 발전 전용 댐들의 관점은 환경부의 물 관리 일원화 정책과는 다를 수밖에 없다. 생각이 다르면 상황에 대처하는 방식도 달라지게 마련이다. 이렇게 서로 다른 관점으로 기후변화 등 위기에 대해 효과적인 대응을 낙관할 수 있을까?

한국수력원자력이 관리하는 북한강 수계 5개 댐의 발전량이 국내 전체 발전량에서 차지하는 비율은 시설용량 기준으로 0.35% 내외의 미미한 수준이다. 전력 생산을 위한 발전시설로는 거의 의미가 없다고 해도 지나친 말이 아니다.

그렇다면 발전보다 더욱 중요한 수질과 수량의 관리를 위해, 그리고 가뭄과 홍수 관리를 통해 재난을 예방하는 '물 안보' 차원에서 한강수계 댐 관리 일원화가 절실하다. 댐 관리가 일원화되어야 의사결정의 단일화로 일사불란한 '물 관리'가 가능하다.

지난 4월 환경부 한강홍수통제소와 산업통상자원부 산하 한국수

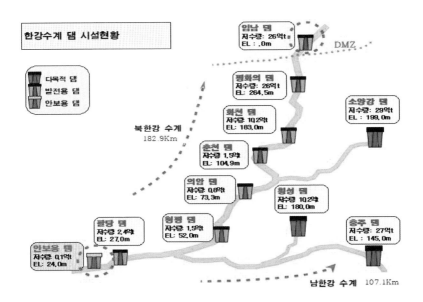

한강수계 댐시설현황

다목적 댐
발전용 댐
안보용 댐

임남 댐
저수량: 26억t
EL : .0m

DMZ

평화의 댐
저수량: 26억t
EL: 264.5m

소양강 댐
저수량: 29억t
EL : 199.0m

화천 댐
저수량: 10.2억t
EL: 183.0m

북한강 수계
182.9Km

춘천 댐
저수량: 1.5억t
EL: 104.9m

의암 댐
저수량: 0.8억t
EL: 73.3m

횡성 댐
저수량: 10.2억t
EL: 180.0m

팔당 댐
저수량: 2.4억t
EL: 27.0m

청평 댐
저수량: 1.5억t
EL: 52.0m

충주 댐
저수량: 27억t
EL : 145.0m

안보용 댐
저수량: 0.1억t
EL: 24.0m

남한강 수계 107.1Km

한강수계 댐현황

력원자력이 통합 물 관리를 위한 '한강수계 발전용 댐의 다목적 활용을 위한 협약'을 체결했다. 하지만 발전 댐의 목적상 수량, 수질 관리에 대한 관점이 다르고 정부 부처가 이원화된 상황에서 한강 수계 수자원 종합관리에는 어려움이 여전할 것으로 예상된다.

한강수계는 남한강, 북한강이 연결되고 있다. 남·북한 공유하천에 대한 댐의 저수(儲水)와 무단 방류 문제가 있는 북한강 수계의 북한 임남댐(금강산댐 26억 톤)과 평화의 댐(26억 톤) 그 하류로

Digital twin이 적용된 통합센터

화천댐 등 발전용 댐 5개소(총저수량 16.4억 톤)에 대한 물 관리를 함께 생각하지 않을 수 없다.

기후변화로 인한 극한의 가뭄과 홍수가 역대 급으로 심해지고 있는 상황에서 통합 물 관리 체계를 구축함으로써 가뭄 때는 다목적 댐과 연계하여 대처하고, 홍수 때는 사전 방류 등으로 선제적 조치를 할 필요가 있다.

북한의 임남댐 상류 수계와 한강의 발원지인 태백 검룡소로부터 수도권 한강에 이르기까지 인공지능(AI)을 접목하여 관리하고, 과거와 현재의 운용 상태를 실시간 파악하며 미래를 예측할 수 있는 Digital twin 방식을 적용하여 한강수계를 통합 관리하는 진정한 물 안보 정책이 필요하다. 그리고 그 통합 관리는 정부 부처 간의 협력은 물론 국정 책임자의 의사결정이 반드시 전제돼야 한다.

# 악어의 고려장

매년 6월 아프리카 탄자니아의 세렝게티 초원엔 가뭄이 찾아온다. 초원에서 풀을 먹으며 사는 누우(wild beast)에게 가뭄은 재앙이다. 150만 마리의 누우가 먹이를 찾아, 물을 찾아 대이동을 시작한다. 행선지는 케냐의 마사이마라 국립공원 인근. 매년 왕복 3,500km 이상의 먼 여정이다.

곳곳에 위험이 도사리고 있다. 사자, 하이에나, 표범이 호시탐탐 낙오자를 노린다. 탄자니아와 케냐의 경계선을 이루는 마라강(River of Mara)도 건너야 한다. 굶주린 악어 떼가 이제나저제나 하며 목을 길게 빼고 있다.

250만 년 전부터 시작된 대이동은 신선한 풀을 먹고 물을 마음껏 마시기 위한 연례행사였을 것이다.

코끼리는 하루에 약 300kg에 달하는 풀이나 나뭇가지, 뿌리, 열매를 먹고 100리터 정도의 물을 마신다. 극심한 가뭄이 오면 가장 나이 많은 암컷 우두머리는 가족을 이끌고 칼라하리 사막에서 오카방고 습지까지 1,500km를 이동한다. 영리한 우두머리는 중간에 물웅덩이 하나 만들어 놓지 못한 걸 원망했을 성싶다.

이 역시 순탄치 않은 여정이다. 나뭇가지를 먹으며 겨우 수분을 보충하고 포식자의 공격도 받는다. 물웅덩이에 도착하여도 편하게 마실 수 없다. 남아있는 물 주변에는 사자 등이 기다리고 있다. 다른 코끼리 무리와 우두머리끼리 싸움을 하여 패하기라도 하면 지는 쪽의 무리는 물러나야 한다. 같이 나눠 마셔도 충분한데 코끼리 그룹, 하마, 물소 등 힘센 순서로 물을 차지하게 마련이다.

아프리카 동물들이 물을 마시기 위해 생사를 다투듯 우리나라도 좀 더 안전한 물을 공급하기 위한 전쟁이 벌어지고 있다. 그야말로 총성 없는 전쟁이다. 부산·울산·경남의 하루 95만 톤 물 공급을 위해 남강댐 물을 사용하려 했지만, 지역 간의 극한 대립으로 좌초됐다. 경남 합천 황강 복류수, 창녕 강변여과수 개발 역시 해당 지역의 반발이 만만치 않다. 대구시와 구미시의 취수장 이전도 합의에 어려움이 있어, 대구시는 안동시와 이 문제를 협의 중이다. 하지만 성사된다고 하더라도 1조 4천억 원의 예산이 들어간다.

낙동강 수계에 물이 부족해서가 아니다. 지난 1991년 페놀 유출, 1994년 벤젠과 톨루엔 검출, 2004년 6월 발암물질인 1.4-다이옥산 검출 등 대형 수질 사고가 물에 대한 불신을 키웠다. 정부가 2007년부터 방류 수질과 유량을 실시간 측정, 관리하는 수질원격감시시스템(TMS)을 도입했지만, 국민의 신뢰를 회복하기엔 역부족이다. 정부가 예산을 지원해서라도 배출신고량 기준을 제3종, 제

물 웅덩이                            가뭄으로 죽은 악어

4종까지 더욱 강화할 필요가 있다.

아울러 상수원 보호구역으로 지정될 경우 해당 지역 주민들의 피해를 최소화하는 노력도 필요하다. 상수원 보호구역으로 지정되면 토지이용 제한과 행위 제한이 따르게 마련이다. 자가주택에 나무 하나 베어도 신고를 해야 한다. 보호구역 주민의 재산권이 침해될 수 있어 항상 분쟁의 불씨가 된다. 획일적 규제 조항을 지역 특성에 맞게 조정할 필요가 있다.

또 여름철에 집중적으로 발생하는 녹조는 보 개방, 해체, 자연성 회복, 녹조라떼, 녹조곤죽, 수질 문제 등이 주요 키워드로 거론된다. 수질 개선은 지속적 투자와 개선만이 해법이다.

많이 입에 오르내리는 조류독소는 남조류가 분해되고 사멸될 때 물속으로 배출하는데, 마이크로시스틴(Micircystins-LR 간독성)과 아나톡신(Anatoxin-a, 신경독성)은 세계보건기구(WHO)의 가이드라인 $1\mu g/L$ 이하($1\mu g$: 10억 분의 1g)를 국내에서도 똑같은 기준으로 설정하고 있다.

하지만 조류에서 생성되는 독소는 정수처리 과정에서 모두 제거되기에 수돗물은 안심하고 마셔도 된다.

2012년 충남 보령에 극심한 가뭄이 들어 식수난을 겪었다. 그러자 충남도가 나서서 4대강 중 금강 백제보 하류에서 보령댐까지 21㎞ 구간을 도수 관로로 연결해 하루 12만 5,000톤의 물을 공급한 사례도 있다.

또 SK하이닉스는 용인 반도체 생산단지 조성지에 남한강 여주보에서 57만 톤의 물을 끌어갈 계획이다. 수량 확보는 생명 유지와 산업 발전의 가장 우선적인 전제조건이기 때문이다.

악어는 2억 년에 걸쳐 변화할 필요성이 없을 만큼 효율적인 체형 탓으로 크게 진화하지 않았다. 소행성 충돌로 공룡이 멸종해도 악어는 살아남았다.

웅덩이에 물이 마르면 젊은 악어는 야반도주(夜半逃走)라도 하지만, 늙은 악어는 과거의 습성대로 '혹시나' 하며 물이 마른 웅덩이에서 반년 이상을 기다린다.

그러다 역대급 가뭄이 오면 죽음을 맞는다. 악어가 물 없이 버틸 수 있는 기간인 반년이 지나면 악어의 고려장이다. 그래서 악어에게도 물이 중요하다.

# 팔당댐, '플랜B'가 시급하다

팔당댐은 서울과 수도권 주민들의 젖줄이다. 팔당취수장은 하루에 약 500만 t을 취수하고, 국내 인구의 절반에 가까운 2,600여만 명의 생활용수와 수도권 지역 공업용수를 공급한다. 그런데 이 팔당댐이 중병을 앓고 있다.

국지적으로 발생하는 극심한 가뭄과 대홍수, 지진, 폭염…. 기상이변은 이제 더 이상 '이변'이 아니다. 기상이변으로 물과 관련된 재해도 급격하게 늘었다. 올해만 하더라도 수도권과 중부엔 물 폭탄이 쏟아지는데 영남 지역은 극심한 가뭄을 겪고 있다.

더 큰 문제는 예측할 수 없는 기상이변의 빈번함과 수도권의 젖줄인 한강수계 수자원 시설의 심각한 노후이다. 수도권의 용수 공급은 국가의 운명을 좌우할 정도로 민감하고 중요한 문제다. 그리고 그 모든 문제의 시작이 팔당댐이다.

팔당댐은 높이 29m, 제방 길이 510m, 총저수량 2억 4,400만 t 규모다. 건설한 지 50여 년이 지났다. 아파트로 따지자면 최소한

20년 전에 재개발 얘기가 나왔을 것이다. 2020년 한국시설안전공단이 실시한 정밀안전진단 결과 9개 발전댐 중 월류 위험성이 최하 등급인 E등급 판정을 받았다.

문제는 그 위험이 현재 진행형이라는 것이다. 감사원은 2017년 8월 "감사 결과 댐에 물이 넘치거나 물의 힘과 유목(流木)에 의해 수문이 회전할 우려가 있다."고 지적했다.

이후 한국수력원자력이 내진 등급을 보강했지만 물 넘침과 수문의 전도 위험성은 상존하고 있다.

수문 하나만 고장이 나도 댐 수위 저하로 취수에 치명적 타격이 예상된다. 또한 시뮬레이션 결과 팔당댐 붕괴 시 몇 분 이내로 물길이 잠수교에 도착하고 한강변 일대 상당 지역이 수몰되는 것으로 나타났다.

팔당 상수원은 지표수(地表水)라는 특성상 계절의 영향을 많이 받는 데다 각종 위험에 취약하다. 폭염이 발생하면 녹조가 창궐하고, 비가 많이 오면 지표면에 있던 쓰레기가 쓸려 내려온다. 게다가 도시와 가까워 기름 유출이나 유해물질의 유입 위험성이 높다. 서울대 연구팀이 팔당댐 상류에 과거 낙동강의 경우처럼 다량의 페놀이 유출됐을 경우를 시뮬레이션한 결과 유출 4시간 뒤 취수원이 멈춰 서면서 서울을 제외한 경기 전역과 인천 등 약 1,000만 명의 식수와 공업용수 공급이 일주일 이상 중단되는 것으로 나타났다.

팔당댐의 무거운 짐을 덜어줘야 한다.

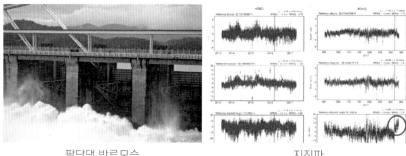

팔당댐 방류모습            지진파

　팔당댐에 집중된 상수원의 취약성을 해소하기 위한 취수원 다변화를 한때 정부가 검토하기도 했지만, 수도권에서 대유량의 물을 확보할 수 있는 곳은 따로 없는 현실이다. 시간만 흘러가고 아무런 성과가 없었다.

　팔당댐 내 취수장의 취수 안정성 확보를 위해 바로 시작할 수 있는 대안이 있다. 팔당댐 하류 약 2.5km 지점에 기존 팔당취수장의 취수 가능 높이인 최고수위(HWL) 25m의 보(洑) 또는 스톱로그(STOP LOG) 개념의 댐을 건설하는 것이다. 평소엔 상시 개방, 비상시에만 수문을 닫는 구조다.

　팔당댐과 팔당대교 사이에 댐을 건설하면 만일의 사태에 대비한 팔당댐 취수의 취약성은 해소할 수 있을 것이다. 더불어 댐 상부를 도로로 사용하도록 건설하면 팔당대교 방향의 만성적 교통난 역시 해소할 수 있을 것으로 기대된다.

　팔당댐을 생각하면 한 마디로 오금이 저린다. 솔직히 말하면 통

동아일보 | 오피니언

# 팔당댐, '플랜B'가 시급하다[기고/이중열]

이중열 물복지연구소장·전 한국수자원공사 처장
입력 2022-04-22 03:00:00 | 업데이트 2022-04-22 03:00:00

팔당댐은 서울 및 수도권 주민들의 젖줄이다. 팔당취수장은 하루에 약 500만 t을 취수하고 국내 인구의 절반에 가까운 2600여만 명의 생활용수와 수도권 지역 공업용수를 공급한다. 그런데 이 팔당댐이 중병을 앓고 있다.

국지적 극심한 가뭄과 대홍수, 지진 폭염… 기상이변은 이제 더 이상 이변이 아니다. 기상이변으로 물과 관련된 재해도 급격하게 늘었다. 올해만 하더라도 수도권과 중부언 물 폭탄이 쏟아지는데 영남 지역은 극심한 가뭄을 겪고 있다. 더 큰 문제는 예측할 수 없는 기상이변의 빈번함과 수도권의 젖줄인 한강수계 수자원 시설의 심각한 노후이다. 수도권의 용수 공급은 국가의 운명을 좌우할 정도로 민감하고 중요한 문제다. 그리고 그 모든 문제의 시작이 팔당댐이다.

팔당댐은 높이 29m, 제방 길이 510m, 총저수량 2억4400만 t 규모다. 건설한 지 50여 년이 지났다. 아파트로 따지자면 최소한 20년 전에 재개발 얘기가 나왔을 것이다. 2020년 한국시설안전공단이 실시한 정밀안전진단 결과 9개 발전댐 중 월류 위험성이 최하 등급인 E등급 판정을 받았다. 문제는 그 위험이 현재 진행형이라는 것이다. 감사원은 2017년 8월 '감사 결과 댐에 물이 넘치거나 물의 힘과 유목(流木)에 의해 수문이 회전할 우려가 있다'고 지적했다. 이후 한국수력원자력이 내린 등급을 보강했지만 물 넘침과 수문 전도 위험성은 상존하고 있다. 수문 하나만 고장이 나도 댐 수위 저하로 취수에 치명적 타격이 된다. 또한 시뮬레이션 결과 팔당댐 붕괴 시 몇 분 이내로 물길이 장수교에 도착하고 한강변 일대 상당 지역이 수몰되는 것으로 나타났다.

팔당 상수원은 지표수(地表水)라는 특성상 계절의 영향을 많이 받는 데다 각종 위협에 취약하다. 폭염이 발생하면 녹조가 창궐하고, 비가 많이 오면 지표면에 있던 쓰레기가 쓸려 내려온다. 게다가 도시와 가까워 기름 유출이나 유해물질의 유입 위험성이 크다. 서울대 연구팀이 팔당댐 상류에서 과거 낙동강의 경우처럼 다량의 페놀이 유출될 경우를 시뮬레이션한 결과 유출 4시간 뒤 취수원이 멈칫 서면서 서울을 제외한 경기 전역과 인천 등 약 1000만 명의 식수 및 공업용수 공급이 일주일 이상 중단되는 것으로 나타났다.

팔당댐의 무거운 짐을 덜어줘야 한다. 팔당댐에 집중된 상수원의 취약성을 해소하기 위한 취수원 다변화를 한때 정부가 검토하기도 했지만 수도권에서 대용량의 물을 확보할 수 있는 곳은 따로 없는 현실이다. 시간만 흘러가고 아무런 성과가 없었다. 팔당댐 내 취수장의 취수 안정성 확보를 위해 바로 시작할 수 있는 대안이 있다. 팔당댐 하류 약 2.5km 지점에 기존 팔당취수장의 취수 가능 높이인 최고수위(HWL) 25m의 보(洑) 또는 스톱로그(STOP LOG) 개념의 댐을 건설하는 것이다. 평소엔 상시 개방, 비상시에만 수문을 닫는 구조다. 팔당댐과 팔당대교 사이에 댐을 건설하면 만일의 사태에 대비한 팔당 취수의 취약성을 해소할 것이다. 더불어 댐 상부를 도로로 사용하도록 건설하면 팔당대교 방향의 만성적 교통난 역시 해소할 수 있을 것으로 기대된다.

이중열 물복지연구소장·전 한국수자원공사 처장

합수자원관리 시스템을 도입해도 근본적으로 해결할 수 없는 상황인데, 수도권의 용수 공급은 국가의 운명을 좌우할 정도로 민감하고 중요한 문제이기 때문이다.

사랑하는 임이 떠나고 홀로된 밤, 달과 별을 바라보며 떠난 임을 향해 읊는 송나라 시인 주돈유의 애끓는 한탄의 시가 떠오른다.

월해중원성해취月解重圓星解聚
해진 달 다시 둥글어지고, 해진 별 다시 모이건만,

여하불견인귀如何不見人歸
사람은 어이하여 돌아올 줄 모르는가.

임이 떠난 다음에야 안타까워하는 모습을 보면서 시쳇말로 "있을 때 잘하지 그랬어?"라는 말이 입가에 맴돈다.

어쩌면 팔당댐에 문제가 생긴다면 '떠난 임'에 대한 아쉬움 수준에 그치지는 않을 것이다.

50여 년간 수도권 시민을 먹여 살린 팔당댐이 우리에게 등 돌리고 시련을 안기기 전에 "있을 때 잘하자!" 준비할 수 있을 때 준비해야만, 예견되는 재앙을 막을 수 있다.

그것이 물 안보의 첫 걸음이다.

[2022. 8. 22 동아일보]

# 보(洑)와 소규모 댐의 물그릇 역할

가을이 무르익는 계절을 맞아 가벼운 산행을 위해 변산반도를 찾았다. 내변산주차장에 주차를 한 다음 직소폭포까지 올라갔다 오기로 했다. 내소사(來蘇寺) 북서쪽의 선인봉(仙人峰) 동쪽 산자락에 형성된 계류폭포(溪流瀑布)로 높이 20m 이상을 비류(飛流)하여 옥수담(玉水潭)에 떨어진다는 직소폭포와 그 일대가 내변산의 제일경승으로 변산8경의 하나인 데다 올라가는 길도 가파르지 않아 트래킹에는 제격이라고 했다.

올라가는 길에는 상수원 보호구역이라는 표시가 여러 군데 보였는데, 상당히 가물었는지 개울의 물은 많지 않았다. 직소폭포와 가까운 곳까지 올라갔을 때 직소보가 나왔다. 골짜기에 보를 막아 물을 가두어 놓은 호수였다.

전망대에서 바라보니 단풍이 아름다운 가을의 절경이 따로 없었고, 제법 수원지 역할도 하겠구나 싶은 생각이 들었다. 가물어서 그런지 물 한 방울 떨어지지 않는 직소폭포를 보고 나니 보를 막아 물을 가둔 호수의 존재가 더욱 인상적이었다.

직소보

　주로 여름철에 강수량이 집중되는 우리나라도 계절에 따라서는 물이 부족한 국가라고 할 수 있다. 따라서 물을 담아 놓는 '물그릇'의 존재에 대한 인식을 새롭게 할 필요가 있다. 4대강 보를 두고 녹조 현상이 발생하니까 보를 해체해야 한다고 주장하는 사람들이 있지만, 오히려 보를 증설해야 한다는 이야기를 하고 싶다. 물그릇에 생기는 녹조 현상은 고도의 기술로 정수를 하면 얼마든지 활용을 할 수 있지만, 아예 물이 없는 경우는 속수무책일 수밖에 없다.

곳곳에 보를 막아 물을 저장했다가 필요할 때 사용하는 지혜의 하나로 소규모 댐의 건설도 고려해볼 만하다. 규모가 큰 다목적댐의 건설은 사회적 합의를 이루어내기가 어려운 점이 있겠지만, 지방자치단체가 건의하는 소규모 댐의 건설은 지역공동체의 이익이라는 공통분모를 바탕으로 얼마든지 가능할 수도 있을 것이다.

2019년 11월 3일 안동MBC와 연합통신 등은 "지방자치단체가 추진하는 소규모 댐 건설 사업이 전국 최초로 봉화군에서 추진된다."고 보도했다.

경상북도는 봉화댐 건설사업 실시계획 승인이 고시됨에 따라 이달 중 공사에 착수해 2024년까지 완공한다고 밝혔다. 봉화댐은 봉화군 춘양면 애당리 월곡천과 운곡천 유역에 건설한다.

높이 41.5m, 길이 266m, 저수 용량 3천100만t 규모로 총사업비 499억 원(공사비 332억원, 보상비 135억 원 등)을 투입하며, 생활용수 150t, 하천 유지용수 3천306t 등 하루 3천 456t의 용수를 공급할 수 있다.

봉화댐 건설 사업은 2012년 6월 '댐 건설 및 주변지역 지원 등에 관한 법률' 개정에 따라 기초·지방자치단체가 댐 건설을 시행할 수 있게 된 이후 전국 최초로 지자체가 시행하는 소규모 댐 건설 사업이다. 국비 90%를 지원받아 봉화군에서 한국수자원공사에 위탁했으며, 삼부토건이 공사를 수주했다.

댐 공사로 0.22㎢, 12가구가 수몰된다.

봉화댐이 건설되는 지역은 2008년 수해로 8명이 숨지고 112가구 244명의 이재민, 재산피해 252억 원이 발생해 특별재난지역으로 선포되는 등 홍수피해가 잦았던 곳이다.

경상북도는 "매년 반복하는 가뭄과 홍수에 대처하기 위해 '홍수조절 및 생활용수, 하천 유지용수 공급'을 위해 봉화댐 건설사업 실시계획을 승인했다."며 "홍수피해 예방과 안정적인 용수 공급에 큰 도움이 될 것으로 기대한다."고 말했다.

# 하수처리장의 변신

우리나라는 1976년 최초로 도시 하수처리장인 청계천하수처리장을 건설했다.

하수처리장 하면 더럽고 지저분한 물, 냄새가 나는 곳 등 혐오시설로 인식되어 왔다. 그러나 하수처리의 기술과 시설은 선진국 수준 이상으로 발전하였다. 혐오시설이던 하수처리장이 IOT 및 AI 기술의 발달과 더불어 하수처리와 시설물 관리에 최첨단 기술을 활용한 관리체계 구축으로 주민 친화 시설로 거듭나고 있다. 각종 여가시설과 테마 형 조경, 생태 습지 조성 등으로 여가와 서비스를 제공하는 차원으로 변모한 것이다.

대표적인 예로 용인시 수지구 죽전동의 수지아르피아·포은아트홀 지하에 위치한 수지레스피아가 있다.

수지구와 기흥구 일부 지역에서 발생하는 하수 15만t을 처리할 수 있는 용량으로 건설된 하수처리장이다.

주민들이 기피하는 하수시설을 지하화하고, 상부에는 문화체육시설을 설치한 전국 최초 사례이기도 하다. 도심 속 공원과 생활

오세현 전(前) 아산시장. 하수재이용 물 음용시식 장면

체육공간으로 수영장, 배드민턴장, 축구장이 있고 포은아트홀에
선 오페라 등 각종 공연이 상시 열리고 있다.
　상부 공원은 연인들의 데이트 장소일 뿐만 아니라 할머니 할아
버지의 산책 코스이기도 하다

　국내에서 사업 개발과 운영 방안이 가장 모범적으로 꼽히는 아산
신도시물환경센터는 BTO(건설-소유권 이전-운영) 방식을 도입하
였다. 민간에서 민자(民資)로 건설(Build)하고, 소유권은 정부에 넘
기되(Transfer), 일정 기간 운영(Operate)을 하며 그 운영 수익으
로 건설비용과 적정수익을 회수하는 사업 구조다.

이곳은 세계 최초로 하수처리를 재이용한 물 2만 7천 톤을 전용 공업용수보다 저렴하게 삼성디스플레이에 공정원수로 공급하고 있다. 재이용 시설에 대한 외국, 설계사, 건설사의 벤치마킹 사례로 손색없는 사업장이다.

모든 시설은 지하에 설치하였고, 상부에는 각종 체육시설과 도서관이 있어 지역 주민들에게 각광을 받고 있다.

아산신도시물환경센터와 같은 민관 투자는 정부 재정의 초기 투자비가 줄어들어 재정이 열악한 지자체에 기회를 제공할 뿐 아니라 우수한 건설력을 보유한 민간 기업이 투자하는 개발 방법을 전국으로 확대함으로써 도심 속의 공원 조성과 여가시설을 국민에게 돌려주는 일석삼조의 성과를 거둘 수 있다.

해결해야 할 과제도 있다. 하수종말처리시설들은 지방자치단체의 관리 영역인데, 많은 지자체가 이 시설들을 민간 위탁으로 관리하고 있다. 민간 위탁의 문제점은 운영 대가가 적어 고급인력을 투입하기가 어렵기 때문에 계약직과 아르바이트 위주로 운영 관리인력을 투입하고 있다는 것이다.

그렇게 하다 보니 과태료 부과 방지를 위해 한국환경공단의 관제센터에서 24시간 365일 실시간으로 감시하는 수질자동측정기기(TMS, Tele Monitoring System) 측정기의 측정값을 고의로 조작하거나, 맑은 물 희석, 무단 방류, 기계고장 방치 등이 빈번하게 발생하고 있다.

그래서 환경부는 오염물질 배출업소 관련 환경범죄에 대한 불시 단속 등 감시역량을 더욱 강화하고 현재 제3종 처리시설(200㎥~700㎥)까지 TMS 설치기준이 의무화되어 있지만, 제4종(20㎥~200㎥) 사업장에 대해서도 배출 수질 오염농도 기준을 설정하여 기준을 초과할 경우 제도 개선을 통해 중소기업에 60%까지 보조하는 예산을 우선으로 지원하여 TMS 설치와 관리를 강화해 나갈 필요가 있다.

　아울러 전문 인력과 예산 부족으로 수질 TMS 운영관리에 어려움을 겪고 있는 중소규모 기업에 대해 업무처리 절차, 측정기기 유지관리, 수질 TMS 제도에 대한 이해와 관리능력 제고를 위해 지속적인 교육과 지원을 하여야 한다.

　하수처리장의 또 다른 숙제가 대두하고 있다. 미세플라스틱의 발생원 중 46%는 세탁에 의한 합성섬유 등에서 배출된다. 이는 전량 하·폐수처리장으로 유입되면서 미세플라스틱을 제대로 처리하기 어려운 것이다. 처리수가 방류된 하천에서 다량의 미세플라스틱이 검출되었다는 연구 결과가 여럿 있다. 현재까지 인체 유해성 연구자료도 속속 나오고 있다.

　하천에 방류된 미세플라스틱은 취수를 하여 먹는 물로도 유입되고 있기 때문에 미세플라스틱 문제의 근본적인 해결을 위해서는 하·폐수처리장에서 DAF(용존공기부상법) 등 미세플라스틱 제거를 위해 고민해야 할 때이다.

# 해수담수화 역삼투 방식(RO)의 순수 생산 공정

　해수담수화란 바닷물의 염분을 제거해 마시거나 사용할 수 있는 물(담수)로 만드는 시스템이다. 해수담수화 기술은 크게 증발법과 역삼투법으로 분류할 수 있다.

　증발법은 해수를 가열하여 증발시킨 후 증발된 수증기를 응축시켜 담수를 얻는 방법이다. 증발법의 경우 물 1t을 생산하는 데 소요되는 에너지는 6~12kw로 에너지 가격이 안정적이고 값이 싼 중동지역에서 주로 이용되는 기술이다.

　역삼투법은 물 1t을 생산하는 데 에너지 3~7kw가 소요되는데, 최근에는 에너지 소비가 적은 RO막을 주로 사용하고 있다. 따라서 에너지 소비량이 적고 시장 전망이 좋은 역삼투(RO, Reverse Osmosis) 방식의 공정을 적용하여 해수담수화(SWRO)와 민물담수화(BWRO)를 추진 중이다.

　RO막(순수)에 대한 단위 설비별 설계와 운영 자료가 빈약하기 때문에 운영비 절감과 기술 경쟁력 확보 차원에서 독자들께 단위 공정별 주요 기능을 설명하고자 한다. 일반 독자들께서 읽기

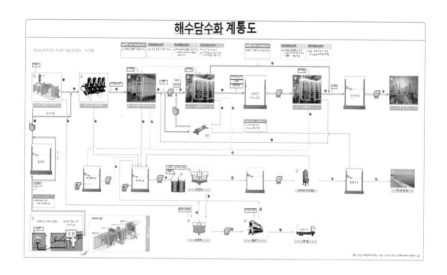

해수담수화 계통도

에는 조금 전문적인 내용이지만, 현재 국내에는 순수 생산을 위한 RO(역삼투막) 시설에 대한 자료가 거의 없는 실정이기 때문에 중요성을 환기시키기 위해 소개하기로 한다.

중동을 비롯하여 해수담수화 플랜트의 세계시장 규모가 물 산업 조사기관인 GWI(Global Water Intelligence) 보고서에 의하면 매년 23조 원 정도라고 한다.

그래서 해수담수화(순수)와 관련한 기술 사항을 접할 수 있도록 단위 설비별 설계 시의 고려사항 등을 수록한다. 해수담수화 단위 공정을 설명한 계통도는 아래 그림과 같으며, 공정별로 간략한 설명을 덧붙인다.

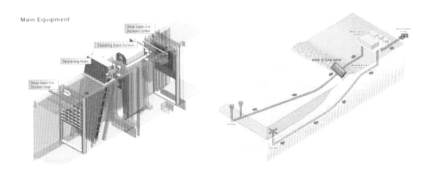

취수구 모형도

## 1. 취수설비

환경에 미치는 영향을 최소화하면서 신뢰할 수 있고 풍부한 수량과 깨끗한 품질의 해수를 취수한다. 해초와 모래와 같은 물질의 유입을 방지하여 후속공정에 운전부하를 줄일 수 있도록 하며, 취수방식으로는 Pipe 또는 Channel을 이용하여 취수하는 Direct Intake와 해저면을 굴착하여 모래층을 통과시킨 다음 취수하는 Indirect Intake로 구분할 수 있다.

해수의 염분 농도에 따라 삼투압 여과에 소모되는 전력이 달라지기 때문에 해안별 염분 농도를 고려하여 RO막의 시설 용량을 결정하여야 한다. 또한 취수 후 도수 과정에서 취수구와 관로에 치패류의 부착을 방지하기 위해 선박용 페인트 또는 살균 소독 설비를 하여야 한다.

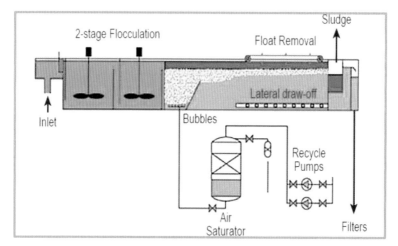

DAF계통 단면 모식도

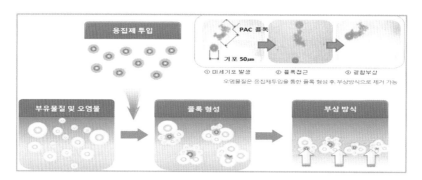

부유물질 제거 모식도

## 2. 탁도 물질 제거 공정(DAF, dissolved air flotation)

용존 공기 부상법이라고도 하며 응집제를 주입하여 물속에 혼입된 톨로이드성 물질과 해수에 포함되어 있는 SS물질을 응집시킨 후 플러그에 미세 기포를 부착시켜 분산매와 공기가 접하고 있는 한계 면까지 부상시킨 다음 고액 분리를 유도하는 공정이다.

여과 지속시간을 단축시키는 저비중 입자, 저탁도, 부식질 또는 자연적인 색도나 조류 등을 함유한 원수의 처리에 유용한 공정으로, 짧은 응집시간이 소요되므로 응집 시설면적을 단축시킬 수 있다. 일반적인 침전공정에 비해 고액분리 소요면적이 적어 초기 시설 투자비가 낮으며 양호한 처리수질을 얻을 수 있고 신속한 가동이 가능하다.

## 3. UF(ultra filtration) 멤브레인

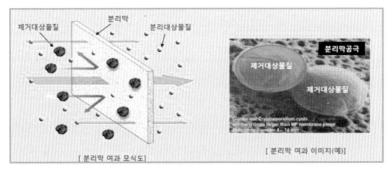

분리막의 모식도

RO막의 부하를 줄이기 위해 DAF에서 고액 분리한 후 물속에 남아있는 현탁물질, 콜로이드 세균, 바이러스, 조류 등을 제거한다. 한외 여과막의 공경은 1~10nm로 되어 있다.

| 분류 | 분리경 | 제거대상물질 |
|---|---|---|
| 정밀여과막 (MF) | 공칭공경 0.01 $\mu$m이상 | 부유물질, 콜로이드, 세균, 조류, 바이러스, 크립토스포리디움 포낭(包囊), 지아디아 포낭 등 |
| 한외여과막 (UF) | 분획 분자량 100,000Dalton이하 | 부유물질, 콜로이드, 세균, 조류, 바이러스, 크립토스포리디움 포낭, 지아디아 포낭, 부식산 등 |
| 나노여과막 (NF) | 염화나트륨 제거율 5~93%미만 | 유기물, 농약, 맛·냄새물질, 합성세제, 칼슘이온, 마그네슘이온, 황산이온, 질산성질소 등 |
| 역삼투막 (RO) | 염화나트륨 제거율 93% 이상 | 금속이온, 염소이온 등 |

성능에 따른 분리막의 종류

재질은 유기막(PA, PE, PP, PVDF, PSF, CA, PTFE 등), 무기막 (Ceramic), 금속막 (Stainless, Silver, Nickel)이 주로 사용된다.

UF막의 후단에서 발생되는 잔류압을 이용하여 RO막과 Direct coupling 방식의 직결타입으로 운영하면 약 10% 이상 에너지를 절감할 수 있으므로 설계자는 구체적인 시스템 설계를 하고 만일을 대비하여 By-pass관을 설치하여야 한다.

또한 이물질이 다량 혼입될 경우에는 UF전단에 Auto strainer를 설치해야 하며, Auto strainer와 UF는 연속적인 운영 방식을

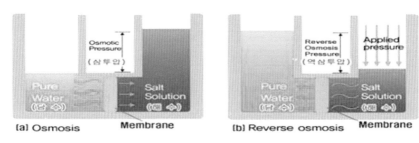

역삼투 원리 모식도

적용하여야 한다.

### 4. RO 역삼투막(SWRO. BWRO)

일반적으로 해수는 32,000ppm~45,000ppm 정도의 고농도 염을 함유하고 있으며, 역삼투(RO)막은 삼투압 이상의 압력을 가하여 염을 제거한 담수를 생산하는 기술로, 물속에 용해되어 있는 각종 이온성 물질까지 제거하는 막이다.

RO막은 역삼투압을 이용하여 생산량을 향상시키기 위해 고압의 압력을 필요로 하여 펌프의 동력 소비가 전체 시설의 60% 이상 소요된다.

기술의 핵심은 적은 에너지로 막의 성능을 향상시키는 다양한 기술들이 현재 전 세계적으로 연구되어 상용화를 앞두고 있다.

•RO(Reverse Osmosis)란 농도차가 있는 두 가지의 용액을 반

투막(멤브레인)으로 나누어진 수조 또는 용기에 분리해 놓았을 때, 일정한 시간이 경과하면 저농도 용액의 물이 고농도 용액 쪽으로 이동하는 현상을 말한다.

•에너지저감형 역삼투(RO) 공정 설계요소: 해수담수화 플랜트의 RO(역삼투) 공정은 에너지소모량의 60% 이상을 차지하므로, 적용 가능한 에너지 저감(低減)기술을 포함하여 설계해야 하고 아래 방법 중 주요 사항에 대해서만 추가 기술을 한다. 역삼투(RO)법 에너지 저감기술은 다음과 같다.

①고유량 SWRO막의 적용
②회수율과 막 투과 유속(FLUX)
③ISD(Internal Stage Design)
④2nd Pass RO공정 형식 선정
⑤고효율 ERD 적용
⑥고효율 고압펌프의 적용
⑦BWRO 농축수의 Recycle
⑧수온상승을 위한 주변 폐열 이용

주요 공정을 설명하면 다음과 같다.
①고유량 SWRO막의 적용: RO막 제조사의 고유 특성을 감안하여 막을 선정한다.
②회수율과 막 투과 유속(FLUX): 역삼투(RO)막의 설계에서 중

요한 요소로 회수율과 Flux를 들 수 있다. Flux는 1lmh 증가 시약 0.9bar이 증가되고, 회수율은 1% 증가할 때마다 운전압력이 평균 0.58kg/㎠ 증가하여 전체 시스템의 초기 투자비와 운영비에 영향을 주는 중요한 요소다. 따라서 경제적인 회수율은 일반적으로 50~52% 정도로 설계를 한다.

하지만 과도한 회수율과 Flux 설계는 운전압력 상승과 막 오염을 가중시키므로 설계 시 고려해야 한다.

③ISD(Internal Stage Design): 투과수량이 많은 막은 염 제거율이 낮고, 투과수량이 적은 막은 염 제거율이 높은 특성을 보이며, 원수가 유입되면 전단 모듈일수록 유입압력은 높고 염분 농도가 낮아 처리수량이 증가하며, 후단으로 갈수록 압력은 낮아지고 염분 농도가 높아 투과수량은 줄어든다.

그래서 전단에 제거율은 높고 유량이 적은 모듈과, 후단에 제거율은 낮고 유량이 많은 모듈을 적용하는 기술인 ISD(Internal Stage Design)을 적용하여야 한다.

•전단(Front): 염(salt) 제거율은 높고, 생산수량(Flux)은 적은 엘

RO막 배열도

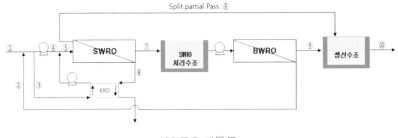

ISD주요 계통도

리멘트(element) 사용

•후단(Rear): 염(salt) 제거율은 낮고, 생산수량(Flux)은 많은 엘리멘트(element) 사용

④2nd Pass RO공정

앞서 언급한 바와 같이 공급 수질을 맞추기 위해서는 SWRO외 2차 탈염 공정이 필요하며, 이를 위하여 2nd Pass RO공정을 구성해야 한다. 2nd Pass RO공정의 형태는 크게 Full 2nd Pass, Partil 2nd Pass, Split Partial 2nd Pass 3가지로 나눌 수 있다.

2nd Pass공정의 종류는 다음과 같다.

•Full Second pass flow type: 1st RO의 생산수를 2nd RO로 전량 유입한다.

•Partial second pass flow type: 1st RO의 생산수의 일부를 final 생산수로, 나머지 생산수를 2nd RO로 유입하여 final 생산수로 생산한다.

•Split second pass flow type: 가장 경제적임.

(1)1st RO의 모듈 중 생산수질이 좋은 Front부 모듈의 생산수를 final 생산수로, 나머지 Rear부의 모듈 생산수를 2nd RO로 유입하여 Final 생산수를 생산한다.

(2)1st Pass RO의 생산수 유량 배분 방법: Front부의 모듈부의 Permeat plug를 설치하여 일정 유량을 유도하거나 Front Permeat 배관에 FCV 설치하여 유량을 제어한다.

(3)2nd Pass의 형식 중 가장 경제적이다.

## 5. 고효율 ERD(Energy Recovery Device) 적용

에너지 소모량이 높은 R/O System에서 Membrane을 거쳐 흐르는 고압의 농축수를 재이용하여 고압펌프의 에너지 소모량을 감소시키는 장치로서 에너지 회수장치는 고압펌프에서 48~63bar

| Pressure exchanger(PX) | Work exchanger (Dweer*) | Hydraulic Turbo Charger (HTC)-AT | Pelton Wheel Turbine |
|---|---|---|---|
| | | | |

ERD. 에너지 회수장치 제품

정도 가압된 원수는 R/O 시설에서 수력 마찰로 1~2bar 정도 손실된 후 고압의 압력을 유지한 채 버려지는 농축수에서 압력 에너지를 회수하기 위한 장치이다.

고효율 ERD 적용 시 에너지 소비량 1.80~1.82kWh/㎥ 감소(48.2~48.8% 감소)시킬 수 있다.

### 6. 고효율 고압펌프의 적용

SWRO용 고압펌프는 해수담수화 시설에서 에너지 소비량이 전체 시설의 약 60%가 소요된다. 펌프의 특성상 용량이 대형화할수록 펌프의 효율은 증가한다. 따라서 train별로 그룹화(2~4train)하여 유량조절 밸브와 펌프를 인버터 운영하여 에너지를 절감할 필요가 있다.

### 7. 수온 상승을 위한 주변 폐열 이용

수온은 역삼투(RO)막의 운전압력을 좌우하는 가장 큰 요인으로 작용하며, 이는 운영비와 직접적인 관계를 갖는다. 따라서 폐열을 활용할 수 있는 환경 여건을 갖추고 있다면 경제성을 충분히 검토한 후 활용 방안을 모색하여야 한다. 10℃ 미만일 경우 수온이 1℃ 올라갈 때마다 0.46~0.61bar씩 감소되어 펌프 동력비가 절감된다.

| 구분 | 3℃ | 4℃ | 5℃ | 6℃ | 7℃ | 8℃ | 9℃ | 10℃ | 11℃ | 12℃ | 13℃ | 14℃ |
|------|-----|-----|-----|-----|-----|-----|-----|-----|-----|-----|-----|-----|
| 운전압력 | 58.98 | 58.37 | 57.79 | 57.18 | 56.66 | 56.17 | 55.71 | 55.3 | 54.91 | 54.53 | 54.21 | 53.89 |
| △P | | 0.61 | 0.58 | 0.61 | 0.52 | 0.49 | 0.46 | 0.41 | 0.39 | 0.38 | 0.32 | 0.32 |

| 구분 | 15℃ | 16℃ | 17℃ | 18℃ | 19℃ | 20℃ | 21℃ | 22℃ | 23℃ | 24℃ | 25℃ |
|------|-----|-----|-----|-----|-----|-----|-----|-----|-----|-----|-----|
| 운전압력 | 53.57 | 53.32 | 53 | 52.82 | 52.56 | 52.38 | 52.13 | 51.95 | 51.77 | 51.66 | 51.47 |
| △P | 0.32 | 0.25 | 0.32 | 0.18 | 0.26 | 0.18 | 0.25 | 0.18 | 0.18 | 0.11 | 0.19 |

## 8. 폐수처리 공정

폐수처리 기본공정 구성은 물리·화학적 공정으로 공정 역세수, UF 농축수, UF/RO 세정폐수(무·유기 세정폐액, 플러싱수)를 처리하였을 경우 방류기준에 준하는 수질 여부를 판단하여야 한다. UF Membrane 세정에 사용되는 약품은 주로 무기세정제 구연산

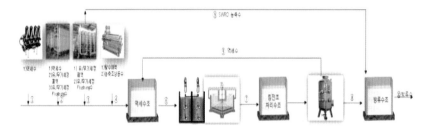

폐수처리 계통도

(Citric acid)과 NaOCl로 폐수 처리하는 공정으로 COD 유발 약품은 구연산이다.

UF와 역삼투(RO) Membrane CIP(화학세정)의 약품은 현장 운영 여건에 따라 차이는 있을 수 있고, 최근 맞춤형 세정약품의 개발로 폐수 발생량과 성분이 조금은 차이가 날 수 있다. 이런 점을 고려하여 TMS 수질 조건에 적합한 폐수처리 공정을 설계하여야 한다.

아울러 화학세정 약품이 주로 난분해성 유기물의 농도가 높아 폐수처리에 장애가 발생되기 때문에  AOP(오존+H2O2 등) 공정을 도입하여야 한다.


### 9. 약품 사용 공정

각종 약품을 사용하기 위해서는 약품 종류별 약품 주입설비가 구축  되어야 한다.

약품 주입은 정량 주입이 절대적이며, 정량 주입을 위한 정량 펌프와 PID(미적제어) 시스템을 구성하여야 한다. 중요한 것은 각 약품을 주입할 때 주입장소의 형태, 즉 파이프 내(內), 튜브, 취수구등 형상에 따라 이에 적합한 디퓨져를 제작하여 균등 주입이 될 수 있도록 하여야 한다.

특히 RO막과 UF막의 전단에 주입할 경우 약품의 쏠림 현상을 방지하여 막 손상이 없도록 세밀한 디퓨져 설계가 필요하다. 아울러 약품은 기화가 발생되기도 하여 인체에 해로운 독성 물질은 대기로 방출될 수 있도록 밴츄리 등 환기 팬을 설치하여 실내에 유입되지 않도록 해야 한다.

①차염소산(NaOCl): Intake 유입 Pipe라인의 해양 부착물 부착방지를 위해 치패류 산란기 때 집중적으로 쇼크 주입(Shock Dosing)을 하며, 원수에 포함된 각종 미생물을 살균한다. 또한 UF 멤브레인의 유기 오염물을 산화 제거한다.

②구연산(Citric Acid): UF멤브레인의 무기 오염물을 제거한다.

③염화제2철(FeCl3): DAF 공정에 주입하여 SS와 유기물질의 응집에 필요하고, UF와 Auto strainer 역세수 응집을 위해 주입한다.

④황산(H2SO4): 수 처리 공정 중 pH조절과 역삼투(RO)막에 발생하기 쉬운 탄산칼슘(CaSO4) 스케일의 억제를 위해 RO막 전단 파이프 내에 주입하며 관내에 균등 혼화를 위한 디퓨져를 반드시 설치하여야 한다.

⑤SBS(NaHSO3): 미생물 살균을 목적으로 투입된 NaOCl의 잔류염소는 RO막 손상을 발생시키기 때문에 잔류 염소의 중화를 위해 주입한다.

⑥Antiscalant: RO막 스케일 방지제로서 1st PASS 역삼투(RO)막의 원수 농축으로 인한 스케일 생성 방지와, 2nd PASS 역삼투(RO)막의 원수 농축으로 인한 스케일 생성 방지를 위해 주입한다.

⑦BIOCIDE: RO막에 주입하는 약품으로 1st PASS 역삼투(RO)막의 미생물 오염 방지와, 2nd PASS 역삼투(RO)막의 미생물 오염 방지를 위해 주입한다.

⑧역삼투막용 무기 세정제: RO막에 부착되는 무기물 세정제로 1st PASS 역삼투(RO)막의 무기오염물 제거와 2nd PASS 역삼투(RO)막의 무기오염물 제거를 위해 주입한다.

⑨역삼투막용 유기세정제: RO막에 발생되는 각종 유기물의 세정제로 1st PASS 역삼투(RO)막의 유기오염물 제거와 2nd PASS 역삼투(RO)막의 유기오염물 제거를 위해 주입한다.

⑩수산화나트륨(NaOH): SWRO와 BWRO의 생산수 pH조정(SWRO 처리수조 유입)을 위해 주입한다.

⑪음이온폴리머(Amion-polymer): 응집 반응 시 응집보조제로 DAF(용존공기부상조)에 설치하며 원수 수질 성상에 따라 간헐적인 주입을 한다.

⑫양이온폴리머(Cation-polymer): 탈수 시 탈수효율 증대를 위해 고액 분리용으로 약품을 주입한다.

필자는 2006년과 2007년 연평도의 해수담수화 플랜트 건설에 참여한 적이 있었다. 만성적인 물 부족을 겪고 있는 인천시 옹진군 대연평도의 주민들에게 깨끗하고 풍부한 수돗물($200㎥/일$)을 안정적으로 공급하기 위한 사업이었다.

연평도 해수담수화 시설 건설은 물 전문기관인 한국수자원공사가 옹진군으로부터 시설의 건설부터 운영관리까지 업무 전반을 위탁받아 진행했던 사업이다.

필자는 1,850백만 원의 건설비용이 들어가는 이 사업의 책임자로서 2주에 한 번 정도 인천연안여객터미널에서 연평도까지 배를 타고 왕래하면서 해수담수화 시설 건설 감독을 했는데, 컨디션에 따라 심한 배 멀미에 시달리기도 하였다.

당시 연평도 주민들은 지하수를 마시고 있었는데, 물맛이 찜찜하다고 하여 염분을 측정해보니 약 500TDS의 염분이 함유된 물이었다. 주민들은 원래 물맛이 그런가 하여 마신다고 했는데, 도서지역의 수질을 정확히 검사하여 깨끗하고 안전한 물을 사용할 수 있도록 정부에서도 노력할 필요가 있다는 생각이 들었다.

# 하천 살리는 특허 기술

　지난여름에 지방의 자치단체로부터 연락을 받았다.

　도심(都心)을 흐르는 하천에서 냄새가 나고 물고기가 폐사했는데, 어떻게 하면 좋겠느냐는 전화였다. 도심의 하천이라면 자칫 생활하수에 노출되어 물이 탁하게 흐려지거나 전화로 걱정한 일들이 일어나기 십상이다.

　4대강 이야기가 뉴스에 오르내릴 때도 조류(藻類) 발생으로 인한 조류 독소, 어류 폐사, 악취 발생 등이 빈번하게 거론되며 사회 문제로 등장하기도 한다. 최근 10년 동안 녹조 제거 R&D에 536억 원의 예산을 투입하였지만, 뚜렷한 대표 기술을 제시하지 못하였고, 4대강을 비롯한 댐 저수지에서 발생하는 녹조를 줄이는 데도 효과를 보지 못하고 있다.

　그래서 물에 관한 한 전문가를 자처하는 필자도 조류 발생으로 인한 문제점을 개선하기 위해 국내외 여러 기술 자료와 논문을 검색하여 실현 가능한 방법을 제시하여 문제점을 해결하고자 이 글을 쓰게 되었다.

실현가능한 기술들을 부분적으로 발췌해서 최적의 방안을 제시하여 문제점을 해결하고자 하며, 독자들의 조류에 대한 이해를 돕기 위해 일반적인 사항을 간략하게 덧붙였다. 각종 논문에 있는 기술적인 사항들을 인용한 데 대해 양해를 부탁드린다.

　인구의 증가와 산업화는 수자원에 대한 오염 부하를 증가시켰으며, 수자원 확보를 위해 생성된 인공 호소는 수리학적 체류시간이 길어져 정체수역이 됨으로써 일반적으로 유기물이 적은 대신 질소나 인과 같은 영양염류의 퇴적 농도가 증가되는 추세이다. 따라서 하천이나 호소 내의 조류 성장에 적절한 환경이 조성되고 풍부한 영양염류를 제공하고 있는 특성으로 인하여 이상적인 과다 조류 증식과 부영양화 현상 등이 심각한 환경문제로 대두되고 있다.
　이러한 조류 발생이 우리 생활에 미치는 영향을 살펴보면 다음과 같다.
　첫째는 미관상 건강상의 문제로 수돗물의 맛이 떨어지고 냄새로 인해 불쾌감을 유발할 수 있다는 것이다.
　둘째는 생태계에 미치는 영향으로 햇빛 차단으로 인한 산소 부족, 토착어류 등 물고기 집단 폐사가 일어난다는 것이다.
　셋째는 사회적 비용 증가로 경관 악화와 더불어 물 관리에 대한 불신이 팽배하는 사회적 문제가 발생한다는 것이다.
　넷째는 정수처리 비용 증가로 냄새 물질 처리 비용과 정수약품비가 증가한다는 것이다.

## 조류의 정의와 발생원인

조류(藻類)는 물속에 살면서 동화 색소를 가지고 독립 영양 생활을 하는 하등식물이며, 가장 많이 거론되는 녹조류의 '녹(綠)'은 녹색을 의미한다.

조류는 광합성 특성을 가지고 있는 진핵 생물의 다양한 그룹을 통칭하고, 단세포성과 다세포성이 있으며, 단세포 조류는 총괄적으로 식물성 플랑크톤이라 부르고, 녹조류, 남조류, 규조류, 편모조류 등으로 분류한다.

광합성 과정에서 조류는 $CO_2$를 소비하고 $O_2$를 배출하며 pH가 상승되어 알칼리성이 되는데, 조류는 성장을 위해 적당량의 질소(N), 인(P)을 필요로 하며 일반적으로 질산염(으로 존재한다.

수온이 섭씨 25도 이상으로 유지되는 가운데 영양염류가 충분하고, PH가 높고, DO농도가 낮을 경우, 또는 일조량이 많아질 경우 수중으로 영양분이 과다하게 공급되면서 녹조류와 플랑크톤이 활발하게 증식한다.

하·폐수, 축산폐수와 비점 오염원에 의한 오염물질이 유입하면서 질소(N), 인(P)과 같은 영양물질 농도가 증가할 경우, 영양염류 농도가 높아지면 조류가 번성하게 되고 이들 조류가 죽어 바닥에 퇴적되어 미생물에 의해 분해되면 영양염류가 다시 조류의 영양소로 사용되어 부영양화를 촉진한다.

조류는 체류시간이 긴 호소나 정체 수역에서 질소, 인, 탄소의 증가로 영양염류가 풍부해져 번성하고 부영양을 촉진한다. 부영양화를 나타내는 N와 P의 농도는 0.2mg/l, 0.02mg/l 정도이다. 조류가 번식할 때 활발한 분해 지대에서는 DO농도가 거의 없어 혐기성 분해가 진행되며, 농도가 증가하여 냄새 물질이 발생한다.

## 그동안 조류발생 줄이기 위해 적용했던 기술

일반 대책으로는 담수호에 발생된 조류를 제거하기 위하여 황토를 살포한 다음 수저(水底)로 침강시키는 방법, 수저에 미세한 공기 발생장치를 장착한 후 미세공기와 함께 조류를 부상시켜 제거하는 방법, 구리용액(Cu2+)인 중금속 살포에 의한 사멸방법, 차염소산나트륨(NaClO)와 같은 살균제에 의한 사멸 방법, 제올라이트(zeolite)와 같은 무기 산화물을 이용하여 제거하는 방법, 에어로졸에 의한 조류 부상 후 물리적 방법에 의해 수거하는 방법, 천적 미생물을 배양한 후 천적 미생물을 살포하는 방법 등이 있었다.

대부분은 수저로 침전시키는 방법을 이용하고 있으며, 그중 가장 많이 이용되고 있는 방법은 경제적인 이유로 인하여 황토 분말을 살포하여 조류 흡착과 동시에 침강시키는 방법을 동원하고 있다. 그러나 황토 분말을 살포하여 조류 흡착과 동시에 침강시키는 방법은 조류가 흡착된 황토 분말의 침강으로 인해 제2차 수질오염의 가능성이 높아 수질 생태계가 파괴될 우려가 있다.

또한 수저에 미세한 공기 발생장치를 장착한 후 미세공기와 함께 조류를 부상시켜 제거하는 방법의 경우 단지 국부적인 수역에서만 조류 제거가 가능하기 때문에 광범위한 수역에 발생된 조류를 제거하는 데는 한계가 있다.

　차염소산나트륨(NaClO)와 같은 살균제에 의한 사멸방법의 경우 차염소산에 의해 수질 생태계에 유익한 미생물까지 사멸할 수 있는 문제점이 있으며, 기타 제올라이트(zeolite)와 같은 무기 산화물을 이용하여 제거하는 방법의 경우 수중에 침강하기 때문에 종래의 황토와 유사한 문제점이 발생될 수 있다.

　따라서 조류 발생 문제를 해결하기 위해서는 일단 조류의 급성장으로 인한 부영양화에 대한 근본적인 원인과 방지책, 호소나 하천에서 발생된 조류의 현장 제거 방안에 대해 체계적인 신기술 연구 적용이 필요한 실정이다.

### 마이크로버블과 나노버블의 적용

　조류 발생의 원인에서 보듯이 영양염류를 제어하기 위해 수중에 산소가 많아지면 저질토로부터 인이 용출되는 양을 줄이고 철과 망간 같은 환원물질의 양도 줄여 부영양화를 줄일 수 있고, DO가 풍부하면 호기성 분해가 되도록 마이크로버블(산소+오존)이 수중에 용해되고 침강되어 유기물의 산화와 분해를 촉진하고 저부에 산소를 보완하는 신기술이다.

마이크로버블발생 주입

　하천이나 호소에서 산화에 필요한 산소와 오존이 포함된 마이크로버블 용수를 공급하여 오염수를 살균하는 동시에 오염수 내에 용존 산소량이 크게 늘어나도록 하는 기술이다. 버블의 입경이 50 ㎛ 이하로 작으므로 낮은 부력과 느린 부상속도 또한 수심이 깊을 경우 부력 상실로 저부에 침강되고, 살균이 필요한 오염수 내에서 천천히 소멸하게 되므로 오염수 내에 완전히 용해되어 살균력이 최대로 된다.

　오염수 내에 용존산소의 함유량이 증대되어 건강한 물로 복원이 가능하게 되는 산소와 오존을 포함한 살균용 마이크로버블을 주입

어류폐사

하는 것이다.

　마이크로버블의 물리 화학적 특징은 기포 직경이 1~100㎛의 범위이고, 마이크로버블은 평균 50㎛ 이하이며, 버블의 결합과 파괴 시 산화력이 강한 OH⁻ 발생된다.

　보일샤를의 법칙에 따라 수심이 깊을수록 압력에 반비례해 미세 기포 직경은 1/N로 줄어들어 물의 점성력보다 적은 기포는 하저부로 확산 침강되어 산소 부족을 해소한다.

　버블사이즈 10㎛의 경우 상승속도는 3mm/min로 느리게 상승 되어 용존 산소량을 증가시키며, 표면적이 증가하므로 용해효율이 약 10배 이상 향상된다.

버블 구경이 1/a로 작아지면 a배 만큼 물질 이동계수가 증가하고 기포수량은  늘어난다. 개개의 미립화 기포질량은 배로 운동량 교환이 촉진된다.

수중에 용존산소가 풍부해지므로 호기성 미생물이 증식하고 혐기성 유기물이 산화되어 악취 제거 효과가 우수하다. 소멸 단계에서 고온 고압의 에너지가 생성되어 프리라디칼($OH^-$)이 순간적으로 발생하여 세균이나 바이러스 등을 살균한다.

산화력이 강한 산소와 오존을 함께 사용하면 유기물질은 산화되어 분해되고, 고분자 무기물질은 마이크로버블에서 발생하는 $OH^-$ 라디칼에 이해 저분자 상태로 변하게 됨으로써 악취를 줄인다.

## 마이크로버블의 적용한 가두리 양식장

적조가 발생한 가두리 양식장은 훌륭한 적용 사례가 될 것이다. 마이크로버블 장치와 오존발생기를 이용할 경우 적조와 독소 유해 박테리아(Chattonella)가 사멸한다.

미세기포를 물속에 주입함으로써 용존 산소량을 증가시켜 DO농도를 높임으로써 물고기의 폐사를 방지하고 어패류의 성장 속도도 향상시킬 수 있다.

또한 초미세기포가 퇴적물로부터 용출되는 영양염류(질소,인)를 제어하고, 산소가 필요한 구간에서 초미세기포의 영향이 크게 작

마이크로버블 및 나노버블을 이용한 수질 개선 시스템

용한다. 인의 경우 철과의 결합이 끊어지지 않도록 영향을 주고, 질소는 질산화 반응과 탈질 반응 시 미생물에 의해 이뤄지는데, 각 반응에 필요한 미생물들에게 고농도의 산소를 오랜 시간 공급함으로써 활성화시키는 역할을 한다.

미세기포 주입으로 혐기성미생물 군집이 우점종으로 변화되었고, 질산화 미생물인 Nitrospira가 확인되어 질산화 과정에도 작용한 것으로 확인되었다.

이렇듯 미세 기포는 혐기성 저질토를 호기성으로 개질하는 역할을 하여 조류의 발생을 억제한다.

하천에서 일반 공기를 마이크로버블화 하여 국부적으로 주입하기도 하는데, 흐르는 강의 전단면을 감당하기에는 매우 부족한 방법이라고 할 수 있다.

일반 공기보다 산소, 오존을 주입하고 강폭의 전 단면을 감당할 수 있는 디퓨져로 주입설비를 설계 제작하면 조류의 발생을 근본적으로 억제하고 냄새물질을 제어하는 데 효과가 있을 것이다.

## 호수와 적조 발생지역 마이크로버블 적용

호수 바닥의 산소 부족 상태를 개선하여 장기간 호기 상태를 유지하기 위해서 마이크로버블을 적용하기도 한다.

적조 발생지역의 수질 개선에도 마이크로버블을 적용할 수 있다. 고밀도 양식장으로 인해 해수 교환이 안 되고 오염부하가 계속 증가함으로써 산소 부족 상태로 해저 생물의 서식환경이 악화되고 빈번하게 적조가 발생한다.

또 수온 상승에 따른 밀도차로 표층과 저층의 해류가 순환이 안 되어 산소 부족 상태로 적조가 발생한다.

이 경우 해저에 산소 마이크로버블을 공급하여 저층의 산소 부족을 해소하여 용존 산소(DO)량을 향상시킴으로써 상하 성층 해소로 저질 개선과 악취를 해소한다.

현재 부분적으로 참돔가리 양식장과 대하양식장, 저수지에 설치하여 어류의 폐사를 예방하고, 물속에 포함되어 있는 냄새물질을 산화하여 악취를 줄이는 데 적용하여 효과를 보고 있다.

## 수질 개선을 위한 신기술

오존발생용 UV램프와 마이크로버블을 이용한 수질개선 시스템은 오존발생용 UV(000nm~254nm) 램프와 마이크로버블을 이용해 수질개선을 도모할 수 있는 수질 개선 시스템에 관한 것으로, 오존+산소 기체를 마이크로버블의 크기로 파이프용 디퓨져를 이용하여 광대역 수중에 분출시켜 호소(湖沼)와 하천에서 대량으로 발생시킴으로써 수질 오염도를 증가시키는 조류(특히 남조류와 적조류) 발생을 완화하고 제거할 수 있는 마이크로버블을 이용한 수질개선 시스템이다.

# 물산업의 육성과 국제경쟁력

그동안 물 복지와 안보 분야는 국내에서의 수자원 개발이나 공급, 수재(水災) 관리 등에 매달리기에도 급급해왔고, 그나마 산업용수 분야는 외국의 기술에 크게 의존해온 실정이다.

그런데 이제는 물의 자원화와 산업화를 통해 해외시장에 진출하는 시대가 되었다. 물론 글로벌 시장에서 경쟁력의 요체가 기술임은 두말할 나위도 없다.

순수와 초순수, 해수담수화 같은 산업용수뿐만 아니라 상수도 개발과 운영, 도시의 하수도와 배수 시스템 등 물에 관한 다양한 기술과 노하우를 바탕으로 얼마든지 해외시장에 진출할 수 있기 때문에 수요자 맞춤형 서비스, 시설 유지관리 분야의 육성과 분야별 토털 솔루션 체제를 갖출 필요가 있다.

해외시장에 눈을 돌리자면 우선 물에 과한 글로벌 의제(議題)를 선점하는 안목이 필요하고, 합당한 과제가 등장하면 민관학(民官學)의 산업협력 체계를 구축하여 적극 참여하려는 의지가 필요하다. 아울러 물산업의 글로벌 의제에 동참하고 해외 진출을 시도하기 위해서는 국제협력이 우선되어야 한다는 것은 당연지사다.

2021년을 기점으로 잡는 제1차 국가물관리기본계획에서 '국제적 물 이슈에 적극적·주도적으로 참여하여 국격(國格)을 높이고, 우리 기업의 경쟁력 극대화를 통한 글로벌 물산업 선도국가로의 도약'으로 2030년의 목표를 설정한 것은 다행스러운 일이다.

물산업의 경쟁력 확보와 국제협력을 위해 설정하고 있는 추진전략은 4가지다.

첫째 전략은 '물 관련 글로벌 선도국가 도약을 통한 국제 위상 제고'인데, 우리나라 대표 의제 발굴 및 회의 주도, 양·다자간 협력체계 강화, 물 관련 ODA(공적개발원조, Official Development Assistance) 비중 확대 등을 통한 수원국의 물 복지 제고, 글로벌 국제협력 전문성 및 협력체계 강화 등의 과제를 제시한다.

둘째 전략은 '물산업 육성 생태계 조성 및 활력 제고'인데, 새로운 수요(재이용, 대체 수자원 등)와 연계한 신시장 창출 및 내수시장 확대, 혁신형 물 기업 육성 및 우수제품 사업화 지원, 지역 거점별 물산업 진흥 역량 강화 및 물산업 기반 개편 등의 과제를 제시한다.

셋째 전략은 '국내 기업 해외 진출 활성화'인데, 물 기업 해외 진출 진입 장벽 해소, 글로벌 네트워크 구축 및 해외시장 진출 민-관 통합형 모델 개발, ODA, 물 펀드 등과 연계하여 우리 기업 개도국 진출 지원 등의 과제를 제시한다.

넷째 전략은 남북 공유하천 관리 및 북한 수자원 조사·분석 체계 구축'인데, 남북 공유하천 위기대응 체계 구축 및 공동관리 추진, 북한 수자원의 정기적인 조사·분석 체계 구축 등의 과제를 제시한다.

물산업의 해외 진출을 위한 기본계획이 나왔다는 사실만으로도 진일보라고 할 수 있을 것이다. 물에 관한 한 해외시장 진출의 구심점이 없었고, 국가의 어젠다도 부족했을 뿐만 아니라 정부, 공기업, 학계, 기업이 모두 저마다의 생각으로 소극적인 참여에 그쳤던 지금까지의 형편에 비하면 진일보임이 분명하다.

이제는 기술과 노하우를 기본으로 국제적 의제와 해외 진출에 적극 참여하거나 글로벌 경쟁력으로 하나씩 실적을 쌓고 성과를 거두는 일이 목표가 되어야 할 것이다. 필자가 전문가로서 제안하고 싶은 구체적인 방안은 다음과 같다.

우선 국내 물산업 관련 기업의 기술력을 키워야 한다. 현재 중소기업이든 대기업이든 물 관련 회사들은 하수처리장과 소규모 상수도 시설의 운영관리 분야에서 주로 매출을 올리고 있는데, 한 단계 더 도약하기 위해서는 적극적으로 R&D 투자를 해야 한다.

그런데 R&D 투자를 늘리고 기술력을 향상시키기 위해서는 수요가 뒷받침되어야 하는 것은 두말할 나위도 없다. 순수, 초순수 등 산업용수의 국내시장 규모는 나날이 증가하고 있으나 산업용수의 수요처인 대기업에서 영업비밀로 취급하기 때문에 정확한 통계를 확인할 수 없어서 수요 예측이 어려운 게 현실이다.

2014년도 국내 산업용수 시장 규모가 1.8조라고 발표한 적이 있고, 매년 15%씩 성장할 것이라는 발표도 있었지만, 추정치일 따름이다. 산업용수 시설에 대해서는 주로 일본을 비롯한 외국 기업에 의존하고 있는 실정이다. 삼성전자, SK하이닉스 등 대기업의 영업비밀을 훼손하지 않으면서 중소기업과 연결될 수 있도록 정부의 가교 역할이 필요한 이유이다.

정부의 R&D 국책 연구과제에도 단위 설비별로 중소기업 1~2개사가 참여할 수 있도록 하여 제품 개발과 더불어 인력도 양성될 수 있도록 하여야 한다. 시장은 존재하지만 시장이 막혀 있으니 중소기업이나 대기업에서 적극적으로 R&D 투자를 할 수가 없어서 지금까지 산업용수에 대한 발전이 없었다고 해도 지나친 말이 아니다.

따라서 막혀 있는 시장을 열어주는 정부의 역할이 중요하며, 산업용수와 관련하여 개발된 제품에 대해서는 수의계약을 할 수 있도록 제도적으로 보장하는 방안도 마련해야 한다.

# 4차 산업혁명 시대의 스마트 물 관리

올여름 국지적 집중호우로 물난리를 겪은 지역들이 많다. 새삼스럽게 반(半)지하 주택의 문제가 대대적으로 보도되고 서울시가 '반(半)지하 퇴출'을 선언하기에 이르렀다. 그러나 이런 집중호우에도 충남의 보령과 서산, 광주광역시, 전남의 목포와 여수 등은 극심한 가뭄에 시달린다.

정부가 발표한 8월 가뭄 예·경보에 따르면 최근 6개월 전국 누적 강수량은 평년의 73.2%인 546.8㎜로 전남, 경북, 경남 등 남부지방을 중심으로 가뭄이 계속되고 있다.

전국 생활·공업용수의 주요 수원인 다목적댐 20곳과 용수댐 14곳의 저수율은 각각 예년의 95.6%, 58.6% 수준이다.

하지만 강수량이 적은 남부지방의 낙동강수계와 섬진강수계 등 11개 댐은 '가뭄 단계'를 발령·관리하고 있다.

이제 기후변화는 아주 구체적인 모습으로 우리 생활에 직접 영향을 미치고 있다.

그리고 기후변화의 결과로 가장 치명적인 것이 물 문제다. 물을 효과적으로 관리하는가, 그렇지 않은가가 국력을 좌우할 뿐만 아니라 국가의 존망을 결정한다고 해도 지나친 말이 아니다.

물 관리에는 두 가지 화두가 있다.

수량(水量)과 수질(水質)이다. 생존과 생산을 위한 수량은 환경과 생태보전과 관련되는 수질과 조화를 이루기가 쉽지 않다. 때론 엄청난 대립을 겪기도 한다.

과연 수량과 수질 어느 쪽에 중점을 두어야 할까?

우리나라의 강수량은 장마철에 80% 이상 집중돼 있다. 물을 가두는 저장 시설이 없으면 안정적인 수량 확보가 불가능하다. 수량 확보는 어느 첨단산업보다도 중요한 국가의 기본 과제이다.

수량과 수질 어느 하나도 소홀히 할 수 없지만, 다행히 우리에겐 곳곳에 물그릇이 만들어져 있다. 바로 4대강 16개 보(洑). 총 저수량이 6억 2,630만㎥에 달한다.

국가물관리위원회가 2017년 6월부터 2020년 11월까지 4대강 13개의 보를 모니터링하고 4대강의 자연성 회복을 위해 금강·영산강 5개의 보는 해체 또는 개방하기로 했다.

물론 4대강의 자연성 회복을 위해 모니터링을 실시하고, 반복되는 토론과정과 논의를 거쳐 결정한 사항임을 안다. 하지만 혈세가 22조 원 넘게 투자된 물그릇에 대한 처방으로는 너무 즉흥적이고 아쉽다는 생각이 든다.

4대강의 보를 적극 활용할 필요가 있다. 기왕에 혈세를 투입하여 만들어 놓은 물그릇이니 수질 악화를 방지하기 위한 지속적인 투자와 개선이 이뤄진다면 국가의 기본 과제인 물 자산 확보가 충분히 가능하다.

4대강 수계기금은 지난 1월부터 통합전산시스템으로 관리하기 시작했다. 재정정보가 전산화되어 보다 투명한 재정운용 관리와 더불어 업무효율이 높아질 것으로 기대된다.

4대강 수계기금은 물 사용량에 따라 톤당 170원을 부과하고 있으며 지난해 4대강 수계관리 기금 규모는 1조 1,972억 원에 달한다. 이 수계기금은 상수원 관리, 오염 총량관리, 수질개선 등에 사용된다. 이 4대강 수계기금을 잘 활용하면 계절별로 다양한 4대강 보 운영이 가능하다.

우선 수계별로 통합물관리센터를 설치할 필요가 있다. 한강수계, 낙동강수계, 금강수계, 영산강수계 지류지천(支流支川)의 수질오염이 심한 곳부터 조사해 개선책과 하상계수도를 파악한다. 그리고 AI를 기반으로 과거, 현재, 미래를 예측할 수 있는 Digital twin 방식으로 수자원을 관리하면 효과적일 것으로 판단된다.

4대강 수계기금을 적극 활용해 여름철 불청객인 녹조에 적극 대응할 필요도 있다. 녹조를 발생하게 하는 여러 조건 중 수온, 햇빛, 영양염류 등은 과학적 분석이 가능하다.

녹조는 수온이 24℃도 이상일 때 활성화된다. 그 전에 펄스(열고 닫음 반복) 형 방류로 조절하고, 부족할 경우엔 상류지역 다목적

댐과 연계하여 조절할 필요가 있다.

또 장기적 대책으로 수변 생태경관을 확대 조성해 국민의 여가활동을 돕고 이와 연계해 영양염류 흡수를 위한 자연 형 인공습지와 인공수초 조성 등을 추진할 필요가 있다.

지류지천 생태계 복원과 함께 오염물질이 유입되는 곳은 수질개선을 위해 인공호흡을 하듯이 광대역에 오존, 산소 버블을 주입하면 수질 정화와 저질토(혐기토)를 개선할 수 있다. 설치비용도 적어 지류지천에 적극 적용할 필요가 있다.

수달이 뛰어놀고 숭어가 올라오는 국가정원 울산의 태화강과 같은 모습이나, 자연 형 하천공법과 자연 친화적인 식생호안을 적용해 잉어가 춤을 추는 서울 양재천의 풍경을 전국 어느 하천에서나 볼 수 있는 날을 그린다.

# 미세플라스틱 딜레마 어떻게 해결할까?

미세플라스틱은 우리 주변의 산업용, 공업용, 가정용 제품에 포함되어 있으며, 다양한 경로를 통하여 하수처리장으로 유입된다. 하수처리장으로 유입되는 미세플라스틱의 94% 정도는 처리하여 제거가 되고 일부는 다시 하천으로 유입된다고 한다.

이렇게 하천으로 다시 유입된 미세플라스틱의 경우 정수처리장을 거쳐 수돗물로 유입될 수 있다. 외국의 경우에도 수돗물에서 미량이지만 미세플라스틱이 발견되고 있고, 환경부 자료에 의하면 우리나라에서도 미량의 미세플라스틱이 발견되고 있다.

미세플라스틱은 음식물 섭취나 호흡을 통해 인체에 유입되고, 인체에 미치는 악영향도 세계 각지의 연구 결과물들을 통해 빈번히 지적되거나 나타나고 있다. 우리 정부에서도 많은 예산을 투입하여 미세플라스틱에 대한 대응 방안을 찾기 위한 연구를 하고 있다.

이와 더불어 미세플라스틱이 인체에 미치는 영향과 처리 방법 등에 대한 세계 각국의 연구 결과물을 공유할 수 있도록 하여 적절한 대안을 마련해야 한다. 오늘날의 생활여건이 플라스틱과 함께 살아갈 수밖에 없는 형편이라면, 우리의 일상생활에서라도 개개인이 미세플라스틱을 줄일 수 있는 실천 방안을 마련하고 정부 역시 적극적인 홍보를 해나갈 필요가 있다고 생각한다.

필자는 34년 동안 수자원공사에 근무하면서 '안심하고 마실 수 있는 깨끗하고 안전한 수돗물'에 누구보다 관심을 기울여온 만큼 미세플라스틱에 대한 자료를 나름대로 정리하여 독자의 이해를 돕기 위해 수록하기로 한다.

미세플라스틱(microplastic, MP)은 크기가 5mm 미만인 플라스틱을 지칭하며, 제품에서 직접 유출이 일어나는 1차 미세플라스틱과 제품 사용 중에 파손으로 인해 유출되는 2차 미세플라스틱으로 구분할 수 있다.

1차 미세플라스틱으로 가정용 제품의 경우는 기능성 화장품, 샴푸, 치약과 같은 제품을 꼽을 수 있고, 2차 미세플라스틱은 의류, 가방, 포장지, 컵, 병, 산업용 또는 어업용 플라스틱 제품이 물리·화

**플라스틱 크기별 분류**

| 메가플라스틱 | 1m이상(그물,밧줄등) | 마이크로플라스틱 (미세플라스틱) | 5mm미만 |
|---|---|---|---|
| 매크로플라스틱 | 2.5㎝~1m(비닐봉지등) | 나노플라스틱 (초미세플라스틱) | 1nm~100nm미만 |
| 메조플라스틱 | 5mm~2.5㎝(병뚜껑등) | | |

학적으로 파쇄(破碎)되거나 분해되어 만들어진다.

주요 발생원으로는 세탁에 의한 합성섬유 46%, 타이어 마모 37%, 도로 표시와 선박 도색 14%, 개인 세정용품 2% 등이다 (IUCN, 2017). 이러한 미세플라스틱은 음식의 섭취와 먼지 흡입을 통해 노출되는 경우가 많다고 한다. 그동안 미세플라스틱에 대해 거론되었던 주요사항을 살펴보기로 한다.

하천과 해양 생태계를 두고 미세플라스틱의 위해성에 대한 우려가 있었으나, 2017년 미국 비영리 언론매체인 '얼브미디어'에서 14개국 수돗물 159개 샘플을 조사한 결과, 83%에서 미세플라스틱이 검출(수돗물 500ml 내에 19~4.8개)되었다고 발표하여 국내에서도 사회적 이슈로 등장하기 시작했다.

이에 따라 2017년 환경부에서 조사한 결과, 24개 정수장 중 3개 정수장의 정수에서 1리터당 0.2~0.6개의 미세플라스틱이 검출되었으나 우려할 수준은 아닌 것으로 판단했다.

아직까지는 미세플라스틱을 수돗물 수질기준으로 설정한 국가는 아직 없으며, 정책의 방향도 먹는 물보다는 해양 오염이나 폐기물·발생원 관리에 중점을 두고 있다.

전 세계적으로 인체에 대한 위해성은 아직 명확하게 규명되지 않았으나, 인체 유해성 관련 연구가 활발히 진행되고 있으며, 먹는 물의 안전성 확보를 위해서는 선제적이고 체계적인 대응방안 강구가 필요한 상황이다.

미세플라스틱의 검출 실태를 정확히 파악하기 위해서는 우선 미세플라스틱에 대한 표준화된 분석법이 정립되어야 한다. 미세플라스틱을 분석할 때 복잡한 절차와 많은 시간이 소요되고 현미경과 적외선분광기(FT-IR)를 이용한 분석법이 일반적으로 사용되고 있으나 조사자별로 분석방법이 다소 다르기 때문에 시료 채취, 전처리와 데이터 처리방법 등 표준화가 필요하며, 중장기적으로 현장에서 쉽게 적용할 수 있는 자동탐지와 신속 분석 방법에 대한 연구개발도 필요하다고 하겠다.

최근의 연구에 따르면 하·폐수처리장에서 미세플라스틱을 제대로 처리하지 못하고 있으며 처리수가 방류된 하천에서 다량의 미세플라스틱이 검출되었다는 연구 결과도 있다.

하천에 방류된 미세플라스틱은 당연히 해양으로 유입될 수 있기 때문에 미세플라스틱 문제의 근본적인 해결을 위해서는 하·폐수처리장에서 미세플라스틱 제거가 이루어져야 한다.

연구보고서에 따르면 정수처리 공정의 구성이 단순 응집과 여과 공정만 존재할 경우에는 미세플라스틱의 제거율이 40~70%로 매우 낮다는 사실을 확인할 수 있었다.

그러나 침전 또는 부상분리를 실시한 후 모래여과와 입상활성탄(granular activated carbon, GAC)을 거친 공정에서는 유입원수 대비 전체 미세플라스틱의 81~88.6%까지 제거율이 향상되는 것을 확인할 수 있다.

그러나 건강에 나쁜 영향을 미칠 우려가 높은 1㎛ 내외 크기의 미세플라스틱은 여전히 정수처리 효율이 낮으며 매우 정밀한 분석 능력이 요구되는 여건이다.

또한 정수처리 과정에서 염소소독 등 산화처리에 의한 미세플라스틱의 변형과 소독 부산물의 영향 등도 고려할 필요가 있다.

현재 미세플라스틱은 해양과 하천 등에서 검출되는 양에 초점을 맞추어 연구가 진행되고 있으나, 정수장에 유입되는 미세플라스틱의 숫자, 크기 및 소재 특성에 대한 다양한 정보는 매우 적은 상황이므로 먹는 물의 안전성에 대한 선제적 연구로 미세플라스틱 항목이 포함되어야 할 것이다.

지금까지 나온 미세플라스틱의 유해성에 대한 연구 자료도 살펴볼 필요가 있다. 먼저 미세플라스틱은 소화관 내벽의 상피세포를 통과하기는 어려우나, 림프계로의 이동은 가능하다는 것이다. 3㎛ 미세플라스틱 입자를 사람의 결장 점막조직으로 체외 시험한 결과, 흡수율이 0.2%로 나왔다.

혈액 내의 미세플라스틱은 간의 담즙에서 제거되고, 최종적으로 대변을 통해 배설될 것으로 보고 있다. 포유류 체내에서 150㎛를 초과하는 입자는 체내에 흡수되지 않고 체외 배출되며, 150㎛ 미만 입자의 흡수율은 0.3% 이하라고 한다(환경부).

나노플라스틱은 그 크기가 매우 작아 공기 중에 비산(飛散)하며 호흡을 통해 폐의 상피세포에 흡수·축적된다. 흡입된 나노플라스틱 표면의 전기적 특성에 따라 폐 세포가 파괴(세포 사멸)된다는 사실을 밝혀내기도 했다(한국기초과학지원연구원).

성인 22명 중 77%인 17명의 혈액에서 0.7$\mu m$(1$\mu m$=0.0001$mm$) 이하의 미세플라스틱이 검출되었으며, 산모의 태아 쪽 태반에서 5~10$\mu m$의 미세플라스틱을 검출했고, 신생아의 첫 대변(태변)에서도 검출돼 미세플라스틱이 태반으로 침투하는 것이 입증된 데 이어, 혈액을 타고 우리 몸 곳곳으로 이동한다는 사실이 밝혀졌다(국제 환경저널, 암스테르담 대학).

한국원자력의학원은 10$\mu m$ 이하의 폴리스틸렌을 인체 세포에서 얻은 위암 세포에 노출한 결과 노출된 세포는 최대 74% 더 빨리 자랐고, 전이는 3.2~11배 많았다고 밝혔다. 전문가들은 인체에 위해한 수준이 "막연한 불안도 위험하지만, 위해성이 없다고 볼 근거도 현재로선 부족하다."고 말했다.

미세플라스틱의 처리에 관한 외국 동향으로 EU는 미세플라스틱으로 인한 환경오염 문제에 대해 폐기물 처리 정책 중심으로 추진해 나가고 있다. 따라서 플라스틱의 재활용 확대, 해양 투기 감축 방안 등의 폐기물 정책을 마련하고, 마이크로비드(화장품 등)의 사용 축소와 타이어, 하수처리장 등 플라스틱 발생원에 대한 관리 방안을 마련 중이다.

세계보건기구(WHO)는 미세플라스틱이 먹는 물에서 건강 관련 이슈가 될 것으로 보고 있지 않으나, 연구 자료가 충분하지 않아 추가 연구가 필요하다는 입장이다.

경제협력개발기구(OECD는 해양 플라스틱 폐기물 이슈를 주요 환경문제로 인식하고 있으며, 이에 대한 발생원, 생태계 영향 등의 정책 연구를 추진 중이다.

영국의 경우 먹는 물 수질평가는 WHO와 EU의 수질 기준을 따르고 있으며, 양쪽의 기준에 미세플라스틱 관련 항목이 없어서 먹는 물에 대한 조사 사례는 없다.

미세플라스틱에 대한 국내 동향으로 환경부의 구체적인 연구 분야는 미세플라스틱 발생원 관리와 저감 방안, 다양한 노출경로 모니터링, 인체 위해성 평가 분야 등이고, 향후 세계보건기구와 경제협력개발기구(OECD) 등 국제기구와 보조를 맞춰 미세플라스틱 정책을 추진할 예정이다.

국립환경과학원은 2018년부터 매년 국제 미세플라스틱 학술토론회를 개최하고 있으며, 2020년에는 독일환경청(UBA)과 업무협약(MOU)을 체결하여 해외 전문가들과 상호교류하고 미세플라스틱 문제 해결을 위한 국제적인 공동 협력과 대응 방안의 모색을 위해서도 노력을 기울이고 있다.

특히 미세플라스틱 오염에 선제적으로 대응하기 위해 미세플라스틱 집중연구 이행계획(2022~2026)을 수립하고 올해부터 실행 과제 연구를 본격적으로 추진하며, 미세플라스틱 관리방안을 마련하기 위해 발생원 관리, 분석법 표준화, 환경 중 실태조사, 유해 특성 조사 등 4개 분야에 걸친 전 과정 통합 기반 연구의 19개 세부

과제를 추진 중이다.

　무엇보다도 정수장에서의 대응 방향이 중요하다.

　정수처리장에서의 미세플라스틱 관리에 대한 연구논문들이 몇 편 나와 있으나 특정 지을 수 있는 기준이나 정형화된 자료들은 빈약한 형편이다.

　Al(알루미늄) 응집제에 의하여 생성된 플럭의 크기는 작았으나 제타전위가 높았던 것으로 확인이 되어, 음의 제타전위를 가지는 미세플라스틱에 보다 잘 흡착·응집되어 제거 효율이 올라갔다.

　미세기포(마이크로 또는 나노 버블)와 용존 공기 부상(DAF) 기술을 적용하여 FT-IR을 통해 미세플라스틱 제거율을 판단한 결과 67~99% 이상의 효율이 나타났다.

　연구 자료에 의하면 응집제 주입 후 침전 과정에서 미세플라스틱 약 70%가 제거되고, 모래 여과에서 32%, GAC 여과에서 $1{\sim}5\,\mu m$ 약 90% 이상 제거되는 것으로 연구되었으나 기준을 설정하기에는 추가적인 연구가 필요한 실정이다.

　따라서 국내 정수장의 일반적인 정수처리 공정 응집→침전→여과+(활성탄 GAC)의 공정을 거치면 미미한 유출 또는 대부분 제거된다는 연구 보고가 있다.

　추후 미미한 양에도 인체 유해성이 검증되면 기존 정수처리 공정에 미세버블+DAF(용존공기부상법)을 추가로 설치하여 제거 효율을 향상시킬 필요가 있다고 하겠다.

일회용 쓰레기            미세플라스틱이 검출되는 홍합

　미세플라스틱과 관련하여 먹는 물의 안전성을 위한 선제적 방안으로 검토할 만한 의견을 살펴보자.

　현재 정수처리과정 중 미세플라스틱 크기별 단위공정에서 제거효율과 측정기준 등 특정할 수 있는 기준이나 연구 자료가 부족한 실정이지만, 인체 위해성에 대한 연구가 전 세계적으로 활발히 진행되고 있기 때문에 그 결과에 따라서 가장 제거효율이 양호한 DAF(dissolved air flotation) 공정과 응집보조제를 활용하여 미세버블과 미세플라스틱 간의 bridging(가교 역할) 효과로 제거율을 향상시킬 수 있는 공정 설치 등이 필요하며, 부분적으로 NF(나노필터), RO막(역삼투막, 100% 제거) 설치도 고려 대상이 된다.

현재 자료에 의하면 미세플라스틱은 세탁에 의해 46%가 발생되고 있어 세탁소에서 발생되는 세척액을 별도로 수집하고 건조하여 이물질은 소각하는 등의 대책이 필요하다.

또한 국내 연구뿐만 아니라 WHO, OECD 등 국제기구와 보조를 맞춰 체계적인 추진으로 안전하게 마실 수 있는 수돗물이 생산될 수 있도록 지속적인 관심과 연구가 필요하다.

현재 자료에 의하면 미세플라스틱 유입 경로, 인체에 미치는 영향, 분석 방법, 정수장에서의 제거 방법 등 각종 보고서마다 조금씩 상이하고 뚜렷한 기준이 없는 것이 딜레마라면 딜레마이다.

우리 일상생활에서 사용하는 일회용 컵 등의 사용을 자제하고 쓰레기 분리 배출 등을 실천하는 것이 미세플라스틱을 조금 더 멀리할 수 있는 방안이라고 하겠다.

# 초순수 독립이 반도체 독립이다

기획재정부가 전액 삭감했던 반도체 설비투자 인프라 지원 정부 예산 1,000억 원이 국회에서 부활했다. 반가운 일이다. 아니, 정확하게 속내를 밝히면 천만다행이다.

지난 9월 국민의힘 반도체산업경쟁력강화특별위원회 위원장 양향자 의원이 윤석열 대통령에게 예산을 되살릴 것을 건의하고 추경호 경제부총리 등을 설득한 결과라고 한다. 부활한 1,000억 원은 경기도 평택·용인 반도체 단지의 전력·용수 등 필수 인프라스트럭처 구축 지원 예산이다.

씁쓸하다. 나라 살림을 맡은 기획재정부 입장에서 고민도 많고 고려해야 할 일도 많을 것이다. 그래도 이건 아니었다 싶다. 반도체로 먹고사는 나라에서 반도체 관련 예산은 의식주에 해당하는 필수항목이다. 의식주 중에서도 식(食)이다. 안 먹으면 당장 쓰러질 만큼 중요한데, 왜 그걸 헤아리지 못했나 싶다.

지난 광복절을 맞아 매경이코노미 제2173호에 산업용수의 중요성을 누누이 강조했다. 반도체는 물론이고 IT, 석유화학, 철강, 바이오 등 국내 중추 산업들이 모두 생산을 위해 산업용수를 사용한다. 그리고 그 물은 그냥 물이 아니라 '초순수(UPW·Ultra Pure Water)'이다. 이와 관련해 국내 기술이 자립화가 안 돼 한국 반도체 기업들은 일본 기업에 의지하고 있다고 호소한 바 있다.

초순수는 순도 100%에 가깝게 전해질, 미생물, 미립자 등 불순물을 제거한, 고도로 정제된 물이다. 휴대전화를 물에 빠뜨리면 고장이 나지만 초순수에 빠뜨리면 전혀 이상이 없다. 초순수는 이온교환, 막여과, 역침투, 증류 등의 여러 공정을 조합해서 그야말로 첨단 기술로 만들어진다.

반도체 제조나 원자력발전, 생물공학 등에서는 물의 순도가 생명이다. 제품의 품질이나 운전관리를 위해 반드시 초순수를 사용해야 한다. 특히 반도체의 경우 필요한 산업용수의 절반이 초순수이다. 반도체 집적회로인 실리콘 원판을 '웨이퍼'라고 부른다. 6인치 웨이퍼를 하나 깎아내는 데 초순수가 1t 이상 소비된다.

초순수의 안정적인 확보는 우리나라 반도체 제품의 품질이나 산업의 경쟁력과 직결된다. 반도체가 국가경제에서 차지하는 비중이 막대한 나라, 엄청난 초순수 수요를 가졌지만 일본의 기술로 초순수를 만들어 공급하는 나라에서, '독립자금'이기도 한 그 예산을 삭감한 것은 왜였을까?

평택·용인 반도체 단지의 전력·용수 인프라스트럭처 구축은 초순

# [특별기고] 초순수 독립이 반도체 독립이다

기획재정부가 전액 삭감했던 반도체 설비투자 인프라 지원 정부예산 1000억원이 국회에서 부활했다 반가운 일이다 아니, 정확하게 속내를 밝히면 천만다행이다 지난 8월 국민의힘 반도체산업경쟁력강화특별위원장인 양향자 의원이 윤석열 대통령에게 예산을 되살릴 것을 건의하고 ● 장도 경제부총리 등을 설득한 결과라고 한다 부활한 1000억원은 경기도 평택 용인 반도체 단지의 전력 용수 등 많은 인프라스트럭처 구축 지원 예산이다

늘늘하다 나라 살림을 맡은 기획재정부 입장에서 그만도 않고 고려해야 할 일도 많을 것이다 그래도 이건 아니었다 반도체로 먹고사는 나라에서 반도체 관련 예산은 의식주에 해당하는 필수 항목이다 의식주 중에서도 식(★)이다 안 먹으면 당장 스러질 만큼 중요한데에 그걸 헤아리지 못했나 싶다

지난 광복절을 맞아 머니이코노미 제2173호에 산업용수의 중요성을 누누이 강조했다 반도체는 물론이고 IT, 석유화학 철강, 바이오용 국내 중추 산업들이 산업용수를 사용한다 그리고 그 물은 그냥 물이 아니라 '초순수(UPW Ultra Pure Water)'다 이와 관련해 국내 기술이 자립화가 안된 한국 반도체 기업들은 일본 기업에 의지하고 있다고 호소한 바 있다

초순수는 순도 100%에 가깝게 정제되, 미생물 미립자 등 불순물을 제거한, 고도로 정제된 물이다 초대형화를 물에 빠뜨리면 고장이 나지만 초순수에 빠뜨리면 전혀 이상이 없다 이온교환, 막여과, 역침투, 증류 등의 여러 공정을 조합해서 만들어진다 반도체 제조나 원자력발전, 생물공학 등에서는 물의 순도가 생명이다 제품의 품질이나 운전관리를 위해 반드시 초순수를 사용해야 한다 특히 반도체의 경우 필요한 산업용수의 절반이 초순수다 반도체 집적회로인 실리콘 원판을 '웨이퍼'라고 부른다 8인치 웨이퍼를 하나 깎아내는 데 초순수가 1t 이상 소비된다

초순수의 안정적인 확보는 우리나라 반도체 제품의 경쟁력과 직결된다 반도체가 국가 경제에서 차지하는 비중이 막대한 나라, 엄청난 초순수 수요를 가졌지만 일본의 기술로 초순수를 만들어 공급하는 나라에서, '독립자금'이기도 한 그 예산을 삭감한 것은 왜였을까?

평택 용인 반도체 단지의 전력 용수 인프라스트럭처 구축은 초순수 사업의 국산화로 가는 여정의 시작이다 '반도체 강국, 한국'을 내세우지만 그 그늘에 숨긴 해외 의존도를 줄이기 위한 '반도체 완전 독립'으로 향하는 길이다 국내 초순수 기술은 인프라가 없는 걸음마 단계다 예산이 국회를 통과한다면 초순수 관련 국내 최고 기관과 설계사, 단위공정별 중소기업 1~2개사가 참여해 함께 국산화 여정에 나서야 한다 독립군 양성을 위해서다

초순수 기술의 국산화는 물 관련 산업만이 아니라 여러 첨단 산업에서 두루 활용할 수 있는 '마스터 키'를 쥐는 것과 같다 반도체, 태양광 패널, 2차전지, 바이오 등의 어려운 관문을 활짝 열어젖힐 수 있다 글로벌 물 사업 조사기관 GWI는 2024년 글로벌 초순수 시장 규모를 23조원으로 전망했다

물이 물이 아니라 '금'인 세상, 선진국들은 앞다퉈 물 관련 혁신 기술 개발을 위해 정부가 팔을 걷어붙이고 있다 K-원전, K-방산, K-반도체에 이어 K-초순수로 세계 시장을 휘몰 기회를 잡아야 한다 딴딴 찾아오는 이런 한 번이면 족하다

수 사업의 국산화로 가는 여정의 시작이다. '반도체 강국, 한국'을 내세우지만 그 그늘에 숨긴 해외 의존도를 줄여 '반도체 완전 독립으로 향하는 길'이다.

국내 초순수 기술은 아직 인프라가 갖춰지지 않은 걸음마 단계다. 예산이 국회를 통과한다면 초순수 관련 국내 최고 기관과 설계사, 단위공정별 중소기업 1~2개사가 참여해 함께 국산화 여정에 나서야 한다. 독립군 양성을 위해서다.

초순수 기술의 국산화는 물 관련 산업만이 아니라 여러 첨단산업에서 두루 활용할 수 있는 '마스터키'를 쥐는 것과 같다. 반도체, 태양광 패널, 2차 전지, 바이오 등의 어려운 관문을 활짝 열어젖힐 수 있다. 글로벌 물 사업 조사기관 GWI은 2024년 글로벌 초순수 시장 규모를 23조 원으로 전망했다.

물이 단순한 물이 아니라 '금'인 세상, 선진국들은 앞 다퉈 물 관련 혁신기술 개발을 위해 정부가 팔을 걷어붙이고 있다. K-원전, K-방산, K-반도체에 이어 K-초순수로 세계시장을 흔들 기회를 잡아야 한다. 판단 착오는 이번 한 번이면 족하다.

[2022. 11. 22 매경이코노미]

# 10년 후 내다보는 물 정책

근래 들어 기후 위기와 인구 변화, 소득 수준의 변화와 같은 불확실성의 증가로 물 관리의 여건은 갈수록 어려워질 전망이다. 그럼에도 불구하고 국민 누구에게나 물 기본권을 보장하기 위한 물 정책과 물 관리 방향이 제시되어야 한다.

그러자면 기존의 공급자 중심 정책에서 수요자 중심 정책으로 방향 전환이 이루어져야 할 것이다.

경제발전에 따라 물 공급의 양적·질적 수준도 향상되고 누구에게나 물의 가치를 충족시키기 위한 정책 개발과 함께 지역별 수요자별 불균형을 해소하기 위한 정책도 제시되어야 한다. 아울러 경제개발로 훼손된 수(水)생태환경 개선으로 자연 친화의 환경을 조성하기 위한 노력도 필요한 상황이다.

필자는 그동안의 경험을 바탕으로 10년 후를 내다보는 우리나라 물 정책의 기본 방향을 제시해 보고자 한다. 이것은 오늘을 살아가는 우리 자신에게도 꼭 필요한 방향일 뿐만 아니라 미래 세대에게 물로써 더 행복한 세상을 물려주기 위한 이정표가 되어야 할 것이다.

## 첫째, 물 안보 정책

물 위기와 물 안보에 대한 개념은 1992년 영국 더블린 선언과 브라질 리우 정상회담 이후 새로운 물 관리 패러다임으로 등장하였다. 유역 단위로 물을 통합 관리하는 것을 기본으로 대부분 국가에서는 통합 물 관리를 위한 기반을 마련하고 있다.

또한 기후 변화에 따른 물 재해(災害)의 증가로 물에 대한 안보 개념이 확대되었다.

이상기후는 이제 전혀 생소하지 않다. 몇 백 년 만의 홍수니 가뭄이니 하는 외국의 현상에 대해 언론매체를 통해 어렵지 않게 접해 왔고, 우리나라만 해도 현재 호남지역은 40여 년 만의 가뭄으로 내년 3월이면 식수마저 고갈될 것이라고 한다.

남해의 도서지역은 여름부터 1일 급수 4일 단수를 실시할 정도로 물 부족에 시달리고 있다.

우리나라의 강수량은 몬순 기후의 특성으로 계절별·지역별·연도별 편차가 크고, 산악 지형이 63%로 많아 짧은 유로와 급한 경사 등으로 유량변동계수가 매우 크기 때문에 유출량 대부분이 홍수기(6~9월)에 편중되어 물 관리가 매우 어려운 여건이다.

물 관리가 어려운 여건이라고 하여 마냥 지켜보고만 있을 사항은 아니다. 그간 정부에서도 많은 물 관리 정책들을 계획하고 대비해 왔지만, 지역별로 매년 극심한 가뭄과 대홍수가 반복되고 있다. 따라서 물 안보 정책만큼은 선제적으로 대응책을 마련해야 하는데,

이상기후에 대한 대응책은 턱없이 부족한 상황이다.

국가와 지방자치단체는 당연히 기후변화에 따른 물 관리의 취약성을 최소화하는 방안을 마련해야 하며, 물 순환 회복 등을 통하여 적극적으로 기후변화에 대응할 수 있는 물 관리 정책을 세워야 한다. 이를 테면 수질도 중요하지만, 수량이 없으면 그 자체가 재앙인 만큼 지자체가 건의하는 소규모의 댐을 적극 발굴하여 홍수와 물 부족이라는 상반된 상황을 동시에 대비하는 것도 좋은 방안이라고 하겠다.

또한 농업용 저수지의 재정비로 수량을 확보하는 일, 물 부족 현상이 일상적인 영남 내륙 지역과 호남 지역 수계에 물 그릇 역할을 하는 보(洑)를 더 만드는 일, 도서지역에 해수담수화 플랜트를 설치하는 일, 지역 간 협력으로 광역상수도를 연결하여 규모의 경제로 물 부족에 대비하는 일 등은 당장이라도 실천이 가능한 셈이다.

필자는 그동안 안타까운 심정으로 이런 의견을 여러 매체에 기고한 바 있다. 수자원공사에 재직할 당시에는 만성적인 물 부족 지역인 충남 서해안에 하루 10만 톤을 생산하는 국내 최대 용량의 해수담수화 프로젝트(2,800억 원)를 주도적으로 개발하였고, 대산 석유화학단지에 물을 공급하는 이 시설이 현재 시공 중이다. 이 프로젝트가 완공되면 만성적인 물 부족 지역이지만 어느 정도 해갈이 가능할 것이다.

30년 이상 물과 함께 살아온 전문가로서 기후변화에 따른 수자원 관리 정책의 일관성과 더불어 가뭄이나 홍수에 따른 재해를 예방하기 위한 기술개발이 정책적 기반 위에서 적극적으로 시행되었으면 하는 바람이다.

수도권 2,600만 명의 식수와 공업용수를 담당하는 팔당댐 문비 구조의 취약성에 대비하기 위해 팔당댐 하류에 안보용 STOP LOG 식 댐을 건설하여 만일의 사태에 대비하자고 동아일보에 기고한 바 있다. 팔당댐의 주요 수원지는 현재 저수용량 27억 톤의 충주댐과 29억 톤의 소양강댐인데, 과연 이상기후일 경우 두 댐의 저수용량만으로 충분한가에 대해서도 의구심을 가질 필요가 있다.

과거 수도권 지역 수량 확보를 위해 영월의 동강댐이 1990년 제2차 국토종합개발계획에 포함되어 2001년까지 7억 톤 규모의 다목적 댐으로 건설될 예정이었으나, 각종 기암절벽과 천연기념물 등의 보고로 생태학적 가치가 매우 높다고 하여 국민 여론이 자연환경의 훼손을 우려하자 2000년 6월 5일 대통령이 건설을 백지화한 바 있다.

또한 2001년 연천군 연천읍 고문리와 포천시 창수면 신흥리에 길이 705m, 높이 85m, 저수 용량 3억 1,100만 톤, 홍수 조절 용량 3억 500만 톤 규모의 다목적 한탄강댐 기본 계획이 세워졌다. 그런데 한탄강댐 역시 주변 환경을 파괴한다는 이유로 다목적댐에서 홍수조절용 댐으로 규모를 축소시켰고, 지역 간 갈등으로 저수용량을 2.7억㎥서 1.3억㎥로 축소시키라는 법원 판결이 뒤따랐다.

이렇듯 자연환경 훼손에 대해 우려하는 국민 여론으로 대규모 다목적댐(용수 공급, 홍수 조절, 전력 생산 등 병행) 건설은 사회적 합의가 어려워졌다. 그 대안으로 북한강수계 상류지역인 평화의 댐(26억 톤)과 북한에 있는 임남댐(26억 톤)의 활용방안에 대해 '물로써 물길을 여는 남북경협'이라는 제목의 기고문을 통해 의견을 제시하기도 했다.

실현이 된다면 수도권 지역 2,600만 명이 사용하는 용수량을 최소 31억 톤 이상 확보할 수 있는 정책이 될 것이다.

계절별 강수량의 편차가 큰 우리나라로서는 빈번하게 다가오는 이상기후에 대비하고 재앙을 막기 위해서는 물그릇에 해당하는 보와 소규모 댐을 곳곳에 만들어 물 부족에 대비하는 지혜가 필요하다.

### 둘째, 물 복지 정책

물 복지 정책이란 물은 인간의 생존에 필요한 공기 같은 존재이기 때문에 깨끗하고 안전하고 풍부한 물을 경제적인 능력이나 사회적 지위에 관계없이 모든 국민에게 공평하게 제공하여 물로써 행복을 누릴 수 있도록 하는 가장 기초적이고 기본권인 정책이라고 하겠다.

복지는 삶의 질을 높이는 수단이다. 아픈 사람에게는 충분한 의

료혜택을 주고 노년 세대에겐 최소한의 생활을 보장해준다. 자녀를 양육하는 가정의 교육 부담을 덜어주기도 한다.

국가의 복지 수준은 그 나라의 국력을 가늠하는 기준이 된다. 약자가 소외되지 않고 모든 국민이 인간다운 삶을 누리는 세상이 궁극적인 복지의 지향점이다.

국민이 체감하는 복지의 무게는 저마다 처한 환경에 따라 다르다. 어느 분야의 재원을 늘리고 어느 분야는 줄이는 일이 쉽지 않다. 하지만 그 중에서 꼭 필요한, 국민 누구나 마땅히 누려야 하는 복지를 보편적 복지라고 부른다.

물의 순수한 뜻과 같이 안전하고 풍부한 물을 누구에게나 차별 없이 공급하는 것도 보편적 복지인 셈이다.

그러나 최근 극심한 가뭄과 폭우가 빈번하게 발생되면서 지역별로 물에 대한 기본권을 침해당하는 경우가 생기곤 한다. 정부에서도 상수도 혜택을 받지 못하는 지역에 많은 예산을 투입하고 있으나 아직은 수질과 수량에서 기후변화를 따라잡기에는 손길이 닿지 않는 곳이 있다. 바로 농어촌과 도서 지역의 취약계층이다.

금년만 하더라도 전라도 남부 지역과 경상도 내륙 지역이 물 부족을 겪고 있으며, 매년 지역별로 물에 대한 기본권을 침해당하는 경우가 반복해서 일어나고 있다.

전국적인 상수도 보급률은 99.4%이고, 농어촌 면(面)지역은 96.1%(지방 및 광역상수도 80.6%+마을, 소규모 15.5%)이다. 상수도 혜택을 받는 곳은 그나마 수질과 수량에 대해서는 안전하고 풍부한 물을 제공받는다. 그러나 마을 상수도와 소규모 급수시설의 경우 상수도에 비해 열악한 서비스를 제공받고 있다.

전국적으로 소규모 급수시설 8,528개소, 마을 상수도 4,372개소가 운영 중이고, 급수인구는 99만 8천여 명이나 된다. 또한 급수 혜택을 받지 못하는 인구도 33만 명에 이르고 있다.

지자체별로는 해당 시설의 운영을 위한 전문 인력 확보가 어려운 곳도 있고, 운영과 유지관리 비용도 많이 발생되어 재정 자립도를 취약하게 만든다. 전국 평균으로는 생산원가 대비 수도요금의 현실화율이 73.6%이지만, 시·군 단위로 가면 50% 이하인 곳이 60개소가 넘는다. 지역적인 특성에 따른 초기 투자비와 설비 감시를 위해 현지인과 계약하여 운영하는 방식이 원인이기도 하다.

환경부의 '먹는 물 수질기준 및 검사 등에 관한 규칙'에 따른 수질기준(2019년 7월 기준) 항목은 수돗물의 경우 61개 검사항목 중, 미생물은 일반 세균 외 3개, 건강상 유해영향 무기물질은 납(Pb) 외 12개, 건강상 유해 영향 유기물질은 페놀 외 16개, 소독제와 소독 부산물질은 총트리할로메탄 외 10개, 심미적 영향물질은 경도 외 15개 항목으로 구성되어 있다.

마을상수도·전용상수도와 소규모 급수시설의 경우 일반 세균 외 14항목과, 우라늄은 매 분기 1회 이상, 3년간 수질검사를 실시한 결과 수질 기준의 10퍼센트를 초과한 적이 없는 항목에 대하여는 매 반기 1회 이상 수질검사를 한다. 61개 전 항목 검사는 매년 1회 이상으로 규정한다. 다만 지난 3년간 수질검사를 실시한 결과 수질기준의 10퍼센트를 초과한 적이 없는 항목에 대하여는 3년에 1회 이상 검사하는 등 상수도와 소규모 급수시설의 수질 검사항목에도 차별이 있다.

전국의 지하수 관정 약 168만 개 중 먹는 물로 쓰이는 관정은 8만 5천 개로 추정했다. 그중 7,036개의 식수용 개인 지하수 관정을 조사한 결과 148곳에서 우라늄이 먹는 물 수질기준을 초과했고, 라돈은 기준치 초과한 곳은 1,561곳이라 밝혔다.

자연 방사성 물질은 화강암과 변성암이 있는 깊은 땅에서 자연적으로 발생하는 방사능이다. 오래 전부터 발생되고 있었지만 아직도 '조사 연구 중'이고 미봉책이다. 기준치 초과 지역은 음용을 중단하고 상수도 공급 또는 RO막, 에어레이션 공정이 탑재된 정수처리를 시급히 해야 한다.

수돗물 요금의 경우도 지역별 편차가 크다. 전국 평균 요금은 719원/㎥이지만 충북 단양군은 1,591원/㎥, 강원도 평창군은 1,473원/㎥으로 거의 두 배 이상을 부담해야 한다. 하지만 경기도 성남시 329원/㎥, 안산시는 493원/㎥으로 평균보다 낮다. 가장 비싼 곳과 싼 곳의 요금 차이가 거의 5배에 가깝다. 또한 강원도 화천군의 경우 요금은 581원에 불과하지만 총괄원가는 8,030원/㎥으로 요금 현실화율이 7.2%에 불과한 실정이다.

인간의 삶에서 가장 소중한 존재인 물에 대해 '보편적 복지'는 이뤄지고 있는가? 유감스럽지만 이에 대한 대답은 '아직은'이다. 지하수 오염과 물 부족이 예상되는 지역에 단 한 가구만 살더라도 그들을 위한 물 복지에 대처해야 한다.

또 요금체계 역시 광역상수도와 단계별로 동일하게 하는 것이 진정한 '보편적 물 복지'다. 전 국민이 똑같은 수질과 수량, 요금의 혜택을 누려야 한다는 것이다.

이를 위해 광역상수도와 지방상수도를 연계하고 물 복지 사각 지역 해소로 도농 간 또는 지역 간 물 서비스 격차를 해소해야 한다. 자립이 어려운 지자체들을 묶어 통합공급과 통합 관리 시스템을 갖출 필요도 있다.

급수 취약지역은 고도정수처리 설비(분산형 용수공급시스템)를 도입해 원격운영을 통해 수질상태 감시와 지역별 맞춤형 서비스 모델을 개발해 전국으로 확대해야 한다.

수돗물의 신뢰도 개선은 근본적으로 고품질의 수돗물 생산과 깨끗하고 안전한 공급에 달려 있다. 이를 위해 수도시설 위생기준을 강화하고 노후 관(管)을 더욱 속도감 있게 손질해야 한다. 또한 사회적 혜택을 받지 못하는 농어촌 지역 등 취약계층에도 지속적인 투자가 이루어져야 한다. 일시적인 이벤트가 아니라 장기 계획으로 수돗물의 안전성을 국민의 삶 속에 녹일 필요가 있다.

10년 20년 후 물로써 더욱 행복한 세상이 되는지, 물이 공정한지 그렇지 않은지 물은 알고 있겠지만, 미래 세대는 더욱 알고 싶어 할 것이다.

## 셋째, 물 산업 발전 정책

〈초순수 독립이 반도체 독립이다(2022. 11. 22 매일경제)〉, 〈물이 블루오션이다 (2022. 10. 31 이데일리)〉, 〈지금 한국에 필요한 건 21세기형 봉이 김선달(2022. 8. 19 매경이코노믹)〉 등 3번에 걸쳐 언론 매체에 물 산업화 정책에 대해 제안하는 기고를 하였다.

산업용수(공업용수, 순수, 초순수)의 사용량은 국가 경제발전의 가늠자이다. 수요자의 요구에 맞게 원수, 침전수, 정수 등을 재처리하여 사용하는 물을 말한다. IT, 석유화학, 철강, 바이오, 발전소 등 국내 산업의 중추 역할을 하는 산업들이 산업용수를 사용하며 경제의 발전에 따라 고부가가치의 산업용수 사용량도 비례하여 성장한다. 신규로 확장하고 있는 삼성전자 고덕산단에 하루 47만㎥, 용인 SK하이닉스에 하루 57만㎥ 등 산업용수가 공급될 예정이다.

그런데 상수도나 하수도에 대한 국내의 기술능력은 많은 설계와 실적들이 있어 자립화가 가능하지만, 안타깝게도 해수담수화, 순수(純水) 및 초순수(超純水)에 대한 국내 자체 설계와 시공 실적은 없다. 우리나라 수출 주력사업으로 세계적인 반도체 및 LCD 공장에 적용된 순수와 초순수의 수 처리 공정은 일본 등 외국 물 전문 기업들의 기술을 활용하고 있는 실정이다.

수출로 먹고사는 우리나라에서는 IT산업, 석유화학, 철강산업 등 산업별 제품의 고품질화로 산업 성장에 따라 산업용수(순수, 초순수)의 수요량은 더욱 증가세에 있다. 그런데 많은 시장이 있음에도 지금까지 단위설비 설계, 제작과 운영에 대한 자립화가 안 된 원인이 무엇인지 그 원인을 찾아 대처해야 한다.

그동안 산업용수 사용량은 기업의 영업 비밀에 해당하기 때문에 시장에 공개가 되지 않았다. 또한 외국 기업에 의해 폐쇄적으로 운영되어 온 것도 한 원인일 수 있다. IT 등 첨단산업 발전에 따라 수요는 증가 추세인데, 시장에 공개되지 않은 것은 수요를 예측할 수 없어 중소기업의 투자를 막아왔다는 뜻이다. 합리적으로 시장에 공개될 수 있도록 정부의 조정 역할이 필요한 이유이다.

아울러 국내 수 처리 사업 관련 중소기업의 설계와 제작 능력이 뒤떨어지고 연구개발 투자가 부족한 것도 한 원인이다. 산업용수 산업의 자립화를 위해서는 수요와 공급의 균형이 맞춰져야 하고, 이를 위해서는 제도적인 틀 안에서 대기업과 중소기업이 협업하는 동반 성장의 여건을 더욱 활성화하여야 한다.

국내 물 산업 관련 사업체 수, 종사자 수, 매출액은 매년 증가 추세에 있지만, 물 산업의 수출액은 관련 규모에 비해 1.8조 원 수준으로 저조하고, 건설사 2~3개사에 국한되어 있다. 더욱이 고부가가치의 순수와 초순수의 경우, 대기업이건 중소기업이건 국내에 납품하거나 해외에 수출한 실적이 없는 실정이다.

물 전문 리서치 기관인 영국의 GWI에 따르면 산업용수의 경우 2024년에 23조 원의 시장 규모에 이를 것으로 전망하였고, 순수(純水) 급인 해수담수화는 중동을 비롯한 UAE, 사우디아라비아, 아프리카, 중국 등지에 대규모 프로젝트가 계획되어 있으며, 매년 15%씩 성장할 것이라고 전망한 바 있다.

2020~2030년 세계 인프라 투자수요 전망은 통신 0.17%, 전력

0.24%, 도로 0.29%, 물 산업은 1.03% 1조 370억 달러로 물 산업의 발전성이 가장 큰 폭으로 지속적인 증가가 이루어진다고 했다.

따라서 세계적으로 '블루오션'라고 일컬어지며 급속도로 성장하고 있는 물 산업 시장에서 기술력을 확보하고 국가 주력 수출산업으로 도약하기 위한 방안에 대해 몇 가지 제시하고자 한다.

## 물 산업 플랫폼 구축과 지원정책

대구시 국가산업단지에 조성되어 있는 '국가물산업클러스터'는 물 산업 진흥시설과 종합 물 산업 실증화 시설, 기업집적단지로 구성되어 있다. 역할은 물 기술개발, 전문가 양성, 개발된 기술의 검증과 사업화를 위한 테스트 베드 구축과 중소기업 기술 제품의 공인 검증을 통해 수출을 장려하기 위한 전진기지로 진행되고 있다.

이스라엘, 싱가포르 등 세계의 물 산업 플랫폼 성공사례를 보면 대부분 국가 주도로 이루어지고 있다. 특히 이스라엘의 경우 정부와 국영기업인 메코롯(Mekorot)은 물 관련 기업들의 기술적 방향성을 확인해주고 혁신기술 개발을 위해 스타트업에 투자하여 상용화까지 연결시킴으로써 세계적인 성공을 거두고 있다.

따라서 다른 국가의 성공사례를 벤치마킹하고 물 산업 클러스터도 더욱 성장시키기 위하여 정부 주도로 민관, 산학연, 대·중소기업 간 협력의 매개체인 플랫폼을 구축하여 혁신 기술과 제품을 개발해야 한다.

시장의 특성상 해수담수화는 대부분 단일 건의 프로젝트로 진행되고 있다. 그런데 국내의 경우만 보더라도 순수와 초순수 시장은 대규모 프로젝트에 포함된 부속설비로 발주가 되는 현실이다.

이런 실정이기 때문에 중소기업의 마케팅 한계를 극복하고, 수요에 부응하는 투자와 기술 경쟁력 향상을 위해 대기업과의 협업은 필수적이다.

또한 세계적인 기술 발전의 추세에 발맞춰 R&D 분야 첨단기술을 개발하기 위해 선진기술 파트너십을 체결하여 물 관련 업체들을 지원하고, 펀딩을 통해 투자를 지원할 수 있도록 정부의 관심과 전문기관(회사)이 필요하다고 본다.

앞서 말한 바와 같이 다른 산업보다 발전 가능성이 큰 산업용수 분야는 경제발전의 가늠자이기도 하기 때문에 정부에서는 단순한 사업 분야 지원이 아니라 국가 경쟁력의 확보라는 차원에서 대기업과 중소기업이 동반 성장할 수 있도록 제도적으로 지원함으로써 산업용수 기술이 수출로 이어질 수 있도록 해야 한다.

## 동반 성장을 통한 물 산업 밸류 체인

환경부에서는 2025년까지 480억 원(정부 출연 300억 원, 민간 180억 원)을 투입해 과제별 국산화 기술개발을 추진하고 있다. 많은 예산을 투입해 국산화에 성공하고 개발을 하여도 수요가 있어야 기술도 발전할 수 있고, 수요가 있어야 기업도 존재한다. 단순히 연구개발로 끝나서는 안 된다는 말이다.

그래서 정부 주도 하에 산업용수를 사용하는 대기업에서 단위 설비별로 중소기업에 개발 기회를 주는 동반 성장과, 대기업과 중소기업 간에 수요와 공급이 연결될 수 있도록 하는 조정 역할이 필요하다. 대구 물 산업 클러스트에서의 삼성엔지니어링과 중소기업 간의 동반성장이 좋은 예이다. 아울러 프로젝트 조사와 설계를 하는 엔지니어링(설계)사도 참여하여 각 설비별 공정을 이해하기 위한 교육은 필수적이다

현재 충남 대산석유화학단지 내에 해수담수화 설비가 건설 중이다. 2024년까지 2,851억 원이 투입되고 시설용량은 하루 10만 톤이다. 이 시설에 설치되는 주요 설비류 펌프, 밸브, RO막(역삼투막), 각종 계측기류는 외국산을 도입해야 하고 설계 또한 외국사에 의존해야 한다. 국고로 건설되는 사업에서 외국산 설비류의 도입에 4~50%의 예산이 소요되는 것은 비현실적이다.

이런 불합리한 현실을 극복하기 위한 윈-윈(win-win)전략으로 대외 의존도를 탈피하고 중소기업의 경쟁력 확보를 위해 대기업과 중소기업 간의 동반 성장이 필요하고, 수 처리 분야에서 최고 정점에 있는 기술이니 만큼 미래 먹거리 산업과 수출 전략품목으로 도약할 수 있도록 해야 한다.

우리는 최근 미·중 무역 분쟁이나 일본의 수출규제로 반도체 생

산에 어려움을 겪었던 경험이 있으며, 기술 종속과 의존성이 얼마나 우리 경제에 큰 영향을 미치는지 실감할 수 있었다.

국내에는 반도체, LCD 등의 관련 업종에 필요한 중소기업들이 많으며, 그 기업들은 독자적으로 초순수 생산 공정을 운영할 수 없기 때문에 많은 돈을 주고 대체 약품으로 처리하거나, 대기업 주변에 입주하여 초순수를 높은 비용으로 구입하여 제품을 생산하는 안타까운 실정이다.

상용화 전략과 과제를 좀 더 활성화하기 위해서는 국가물산업클러스터와 별개로 초순수 플랫폼 센터를 추가로 구축할 필요도 있다. 이는 국가, 대기업, 중소기업, 초순수학회가 참여하여 기술의 자립화와 성숙화, 그리고 관련 산업의 육성을 위한 동반성장 플랫폼으로, 공급시설과 실증 파일럿, 인증센터, R&D센터 등 기술 국산화를 위한 인프라를 구축하자는 것이다.

순수 플랫폼 센터의 조건은 수요와 공급이 균형을 이룰 수 있도록 대기업과 중소기업 간에 구매 조건부의 동반 성장 제도가 마련되고, 그 틀 안에서 기술개발은 물론 글로벌 시장의 개척에도 함께 나서는 것에 초점을 맞춰야 한다.

초순수 공급시설을 통해 입주기업들은 제품생산 원가를 낮추어 경쟁력을 확보할 수 있고, 지속적으로 유지관리하면서 R&D 관련 기술을 발전시키며, 실증 파일럿 등 운영을 통해 기술 국산화를 위한 인프라를 구축할 수 있다. 이를 통해 토털 솔루션(Total

Solution)을 제공함으로써 한국형 초순수 산업이 밸류 체인으로 연결될 수 있는 생태계가 마련될 것이다.

나아가 기술개발과 인증 상용화로 이어지는 선순환 체계 구축을 통해 기술자립을 달성할 수 있고 기업의 자생력과 경쟁력 강화, 해외 수출 기반 확보를 통해 산업을 미래 지향적으로 육성할 수 있다.

아울러 반도체 폐수의 재이용 기술 향상과 초순수 중앙공급 등을 통해 탄소를 저감할 수 있기에 탄소중립(Net-Zero)에도 기여할 수 있다. 마지막으로 테스트 베드 운영, 기술 인증 등을 통해 초순수 산업의 등대 역할을 수행함으로써 대기업과 중소기업이 동반성장할 수 있는 기회를 가질 수 있다.

또한 핵심 요소기술은 중소기업을 중심으로 개발하고, 이를 시스템화하여 적용하는 것은 사용자인 대기업과 설계사가 적극적으로 참여하는 방식으로 한국형 초순수 산업 생태계를 구축할 수 있을 것이다.

**산업용수 전문 인력 양성을 위한 정부의 노력 필요**

'물산업진흥법' 시행령을 개정하면서 물 산업 전문 인력 양성의 근거는 마련되었다.

산업용수 분야는 반도체, LCD 등 기술 집약 산업의 부속설비인 관계로 접근이 어려웠고, 국내에서 순수와 초순수는 시작 단계로 수요에 걸맞게 특화된 전문 교육이 없는 실정이다.

산업용수 기술을 주도하고 있는 일본(통상성), 미국 등 주요국들도 과거부터 반도체 등 주요 산업과 연관되어 있다고 판단하여 정부 주도의 기술개발과 지원을 통해 산업을 육성하였고, 현재 세계 시장을 선점하고 있다.

점차 물 산업은 건설 사업에서 운영·관리 중심으로 시장 주도 형태가 변화하고 있으며, 특히 산업용수 분야는 국내 기술력 부족과 기술에 대한 폐쇄성으로 인해 정부의 적극적인 기술적·제도적 뒷받침이 필요한 실정이다. 산업용수 분야는 고부가가치 산업으로서 질 좋은 일자리 창출이 가능한 분야이기 때문에 더욱 정부의 관심이 필요하다고 하겠다.

K-Water와 한국상하수도협회를 중심으로 전문 인력 육성 계획을 수립하여 연구과제 수행, 기술 국산화, 연구사업단 운영과 관련 종사자 교육이 체계적으로 이루어질 필요도 있다.

정부 R&D 과제의 단계별 기술개발에 대기업, 설계사, 중소기업(단위 설비별)을 다수 참여시켜 과제 기간 동안 개발과정의 이론과 실무 교육을 우선적으로 실시함으로써 실질적인 인력 양성이 이루어지도록 해야 한다.

산업용수 분야도 앞으로 디지털 물 관리 융합 인재 양성, 취업을 연계한 이론과 실습 교육, 해외 물 시장 진출 전문가 양성 등 물 산업 트렌드에 맞춰 분야별로 특화된 전문 인력을 양성할 필요가 있다. 아울러 물 기업 재직자를 대상으로 역량 강화 교육을 실시하는 것도 전문 인력 육성의 일환이 될 것이다.

이상으로 물 안보와 물 복지, 물 산업화의 발전 방향에 대해 필자의 그동안 경험을 바탕으로 기록해 봤다.

기후 위기 시대에 물 관리에 대한 예측력을 고도화하고, 다양한 물그릇 준비로 물 재해에 대한 대응력을 확보하며, 물 복지 사각지대의 해소로 누구에게나 깨끗하고 안전하고 풍부한 물 공급이 이루어지는 물 기본권을 보장할 수 있어야 한다.

부단한 노력과 투자로 산업용수의 자주권을 확보하고, 더불어 증가 추세에 있는 산업용수 산업을 수출 아이템으로 만들어 국익을 창출하는 기회로 삼을 수 있기를 희망해본다.

자연과 인간이 함께 누리는 생명의 물이 소중하다는 사실은 두말할 필요조차 없다.

물이 그냥 물이 아니라 오늘 우리 세대가 살아가는 데 필요할 뿐만 아니라, 미래 세대에게도 희망이 되고 삶의 질을 높이는 행복의 매개체가 되기를 간절히 소망해본다.